우리가 아는 모든 언어

존 버거
우리가 아는 모든 언어

김현우 옮김

열화당

차례

자화상

나는 거의 팔십 년간 글을 써 왔다. 처음엔 편지였고, 그 다음 엔 시와 연설, 나중엔 이야기와 기사, 그리고 책이었으며, 이젠 짧은 글을 쓴다.

글쓰기 활동은 내게 꼭 필요한 것이었다. 그 활동 덕분에 나는 의미를 찾고, 계속할 수 있었다. 하지만 글쓰기는 더 깊고 더 일반적인 무언가에서 파생되는 것일 뿐이다. 그 무언가는 바로 우리가 언어 자체와 가지는 관계다. 이 짧은 글의 주제는 언어다.

우선 한 언어에서 다른 언어로의 번역 활동을 한번 살펴보자. 오늘날 대부분의 번역은 기술 번역이지만, 내가 말하는 것은 문학 번역이다. 개인의 경험을 다룬 글을 번역하는 일.

번역에 대한 관습적인 견해에 따르면, 그것은 번역자 혹은 번역자들이 특정 언어로 된 페이지의 단어들을 연구해서 그걸 다른 페이지에 다른 언어의 단어로 내놓는 과정이다. 여기에는 소위 단어 대 단어의 번역 과정, 그리고 두번째 언어의 언어학적 전통이나 규칙들을 따르고 거기에 맞추는 과정, 그리고 마지막으로 원래 텍스트의 '목소리'에 상응하는 무언가를 재창조하기 위해 또 한 번 철저히 연구하는 과정이 포함된다. 많은, 어쩌면 대부분의 번역은 이 순서로 진행되며, 그 결과는 물론 가치가 있지만, 최상의 결과는 아니다.

왜 그럴까. 왜냐하면 번역은 두 언어 사이의 양자 관계가 아니라, 삼각관계이기 때문이다. 삼각형의 세번째 꼭짓점은 원래의 텍스트가 씌어지기 전 그 단어들 뒤에 놓여 있던 것이디. 진정한 번역은 이 말해지기 전의 무언가로 돌아가야 한다.

번역가는 원 텍스트를 읽고 또 읽으며 그것을 뚫고 나아가, 그 텍스트를 낳은 비전이나 경험에 닿으려 애쓴다. 그런 다음엔 거기서 찾은 것을 모으고, 거의 말없이 떨리는 이 '무엇'을 가지고 와 번역의 결과가 되는 언어 뒤에 놓는다. 이때 가장 중요한 일은 발화되기를 기다리는 그 '무엇'을 받아들이고 환영할 수 있게 두번째 언어를 설득하는 것이다.

이는 어떤 언어든 사전 한 권, 혹은 한 무리의 단어나 구절 들의 총합으로 환원될 수 없음을 상기시킨다. 또한 그 언어로 씌어진 결과물들을 모아 놓은 창고로도 환원될 수 없다.

말해진 언어는 하나의 몸이며, 살아 있는 피조물이다. 피조물의 얼굴은 말이며, 신진대사는 언어학이다. 그리고 이 피조물의 집은 발화된 것일 뿐만 아니라, 발화되지 않은 것이기도 하다.

모국어Mother Tongue를 한번 생각해 보자. 러시아에서는 'Rodnoi-yazyk'라고 하는데 가장 가까운 혹은 가장 소중한 말을 뜻한다. 절박한 상황이라면 가장 사랑하는 언어라고 할 수 있다.

모국어는 한 인간의 첫번째 언어, 갓난아기가 어머니의 입을 통해 처음 듣게 되는 언어다. 그래서 그렇게 불리는 것이다.

이렇게 이야기하는 것은, 지금 내가 묘사하려는 언어라는 생명체가 분명 여성적이기 때문이다. 그 중심에는 아마 음성학적 자궁이 있을 것이다.

하나의 모국어 안에는 모든 모국어가 담겨 있다. 다른 말로 하자면 모든 모국어는 보편적이다.

촘스키N.Chomsky는 모든 언어가 ―꼭 음성언어만이 아니라― 어떤 구조와 과정을 공통적으로 가지고 있음을 훌륭하게 보여 주었다. 마찬가지로 모국어도 음성언어가 아닌 언어들― 몸짓 언어, 행동 언어, 혹은 공간의 언어 같은―과 관련이 있다.(같이 운을 맞춘다고 해야 할까?)

드로잉을 할 때, 나는 외양이라는 **텍스트**를 풀어내서 그대로 옮기려고 노력한다. 물론 이 외양이라는 텍스트는 이미 나의 모국어 안에 설명할 수 없는, 하지만 확실한 자리를 차지하고 있다는 것을 나는 알고 있다.

단어, 용어, 구절 같은 것은 그들이 속한 언어 생명체에서 분리되어, 그저 이름표로만 쓰일 수도 있다. 그때 그것들은 무기력하고 공허한 것이 된다. 빈번하게 사용되는 약어略語들이 그런 예라고 할 수 있다. 오늘날 주된 정치적 담론에서 사용되는

올리브의 텍스트

언어들은 그 어떤 언어 생명체에도 속하지 않는, 무기력하고 죽은 단어들로 이루어져 있다. 그런 죽은 '공허한 말의 사용'은 기억을 지워 버리고 무자비한 자기만족을 낳는다.

　오랜 시간 동안 나로 하여금 글을 쓰게 한 것은 무언가가 말해질 필요가 있다는 직감이었다. 말하려고 애쓰지 않으면 아예 말해지지 않을 위험이 있는 것들. 나는 스스로 중요한, 혹은 전문적인 작가라기보다는 그저 빈 곳을 메우는 사람 정도라고 생각하고 있다.

　몇 줄을 쓴 다음엔 단어들이 다시 자신들이 속한 언어 생명체 안으로 미끄러져 들어가게 내버려 둔다. 그러면 거기에서 한 무리의 다른 단어들이 그 말들을 알아보고 맞아 준다. 그들 사이에 의미의 유사함, 반대 의미, 비유, 운율이나 리듬 같은 것들이 생겨난다. 나는 그들이 나누는 담소에 귀를 기울인다. 그렇게 함께 단어들은 내가 자신들에게 부여하기로 한 의미를 놓고 경쟁한다. 그들은 내가 부여한 역할에 대해 질문한다.

그러면 나는 문장을 다듬고, 단어를 한두 개 바꾸어서 다시 밀어 넣는다. 다시 담소가 시작된다.

잠정적인 동의를 나타내는 낮은 웅성거림이 들릴 때까지 그 과정은 계속된다. 그러고 다음 문단으로 넘어간다.

다시 담소가 시작된다….

다른 사람들이 나를 작가로 자리매김할 수도 있다. 내 입장에서 말하자면 나는 개새끼다. 나를 낳은 개가 누구일지 짐작이 되시는지? 안 된다고?

로자를 위한 선물

로자!* 나는 어릴 때부터 당신을 알고 있었습니다. 그리고 지금 나는, 1919년 1월 그들에게 맞아 죽었을 때 당신의 나이보다 두 배에 가까운 나이가 되었죠. 당신이 카를 리프크네히트와 독일 공산당의 전신이 되는 단체를 결성하고 몇 달 후의 일이었습니다.

당신은 종종 내가 읽고 있는 글에 등장하고, 또 가끔은 내가 써 보려고 애쓰는 글에도 등장합니다. 그렇게 당신은 머리를 살짝 기울인 채 미소를 지으며 나의 작업에 동참하지요. 그 어떤 책도, 혹은 반복적으로 당신을 가두었던 감방들도 당신을 억누를 수는 없습니다.

당신께 뭔가를 보내드리고 싶어요. 나에게 오기 전에 이 물건은 폴란드 남동부의 자모시치에 있었습니다. 당신 아버지가 목재상으로 일했던, 당신이 태어난 도시지요. 하지만 이 물건과 당신의 연관성은 그렇게 간단하지만은 않습니다.

13

이 물건은 야닌이라는 제 폴란드인 친구가 가지고 있던 거예요. 그녀도 혼자 지냈는데, 당신이 인생의 마지막 이 년 동안 지냈던 우아한 대도시 광장이 아니라, 도시 외곽의 작은 교외 주택에서였죠.

야닌의 집과 작은 정원에는 화분에 담긴 식물들이 가득했습니다. 심지어 침실 바닥에도 화분이 놓여 있었죠. 그녀는 손님들에게 자신의 나이 든 손가락으로 화분들을 하나씩 가리키며 식물들 각각의 특징을 이야기해 주는 일을 무엇보다 좋아했습니다. 식물들이 그녀와 함께 지냈던 거죠. 그녀는 식물들과 잡담을 하고 농담을 했습니다.

폴란드어는 할 줄 모르지만, 유럽에서 내가 가장 편안함을 느끼는 나라가 아마 폴란드일 겁니다. 폴란드인들과 나는 우선

순위가 비슷한 것 같아요. 폴란드인들은 생각할 수 있는 권력의 추악함은 하나도 빠짐없이 겪어 봤기 때문에 대부분 권력의 유혹에 흔들리지 않습니다. 장애물을 돌아가는 방법을 찾는 데도 전문가들이죠. 어떻게든 빠져나갈 책략을 고안해냅니다. 폴란드인들은 비밀을 존중하고, 오래전 일들도 기억하죠. 야생 괭이밥으로 수프를 만드는 사람들입니다. 그들은 활기차게 지내고 싶어합니다.

당신도 감옥에서 화를 참지 못하고 쓴 편지에서 비슷한 말을 했던 것 같아요. 당신은 자기 연민에 대해서는 늘 화를 냈죠. 그래서 친구가 보낸 애도의 편지에 이렇게 답장을 했습니다. "인간답게 지내는 것이 그 어떤 것보다 중요합니다. 그건 확고하고, 분명하며, 활기찬 것을 의미하죠. 네, 이 모든 상황에도 불구하고, 어떤 일 앞에서도 활기차게 지내는 것이요. 흐느끼는 건 약한 자들에게나 어울리는 행동입니다. 인간답게 지낸다는 것은 거대한 운명 앞에 스스로의 삶을 즐겁게 던지는 것이지요. 그래야만 한다면 말입니다. 그와 동시에 매일매일의 화창함과 모든 구름 조각들의 아름다움에서 기쁨을 느끼는 것이겠지요."

폴란드에서는 최근에 새로운 직업이 생겼다고 하더군요. 그 일을 하는 사람들을 스타츠Stacz 라고 하는데 '자리 잡기'라는 뜻이죠. 돈을 주고 사람을 사서 줄을 서게 한 다음, 한참 후에(줄이 아주 기니까요) 그 사람이 줄의 맨 앞에 가까워지면, 돈을 냈던 사람이 나타나 그 자리를 차지하는 겁니다. 식료품을 사기 위한 줄일 수도 있고, 주방 용품을 사는, 어떤 종류의 허가증을 받거나, 서류에 도장을 받는, 혹은 설탕을 사거나, 고무장화를 사기 위한 줄일 수도 있습니다….

그들은 어떻게든 빠져나갈 책략을 많이 고안해냅니다.

1970년대 초반, 내 친구 야닌은 모스크바행 기차를 타기로 결정했습니다. 이미 이웃 몇몇이 하고 있는 일들이었죠. 쉬운 결정은 아니었습니다. 불과 한두 해 전인 1970년, 그단스크를 비롯한 몇몇 항구에서 수백 명의 조선造船 노동자들이 파업에 들어가자, 모스크바의 명령을 받은 폴란드 규경이 이들을 학살하는 사건이 있었으니까요.

당신은 이런 사태를 예견했습니다, 로자. 모든 논쟁에 임하는 볼셰비키식 태도에 내재한 위험을 말입니다. 이미 1918년, 러시아 혁명에 대해 언급하며 이를 예견했죠. "정부 관료들만을 위한 자유, 당원들만을 위한 자유는 ─다수라고 하더라도─ 전혀 자유가 아니다. 자유는 언제나 다른 생각을 가진 사람들의 자유여야 한다. 정의라는 관념에 대한 열광 때문이 아니다. 정치적 자유가 지니는 유익함이나 총체성, 그리고 사람들을 정화시키는 힘은 모두 이 본질적인 특징에 기반하고 있기 때문이다. '자유'가 특권이 될 때 그 효용성도 사라질 것이다."

야닌은 금을 사기 위해 모스크바행 기차에 올랐습니다. 그곳 금값이 폴란드의 삼분의 일밖에 되지 않았거든요. 비엘로루스키역에 내린 그녀는 허가를 받은 보석상들이 금반지를 팔고 있는 뒷골목을 찾을 수 있었죠. 골목엔 이미 금을 사려고 기다리는 '외국' 여성들이 길게 줄을 서 있었어요. 법적인 문제 때문에, 그리고 질서 유지를 위해 모든 여인들의 손바닥에 번호를 적어 주었고, 경찰이 그 번호를 확인했죠. 마침내 보석상 앞에 다다른 야닌은 준비해 간 루블화로 금반지 세 개를 살 수 있었습니다.

역으로 돌아오는 길에 야닌은 지금 내가 당신에게 보내려는 이 물건을 발견했습니다, 로자. 60코펙밖에 하지 않았다고 하더군요. 그녀는 그 자리에서 바로 사기로 결정했죠. 그녀의 상상력을 자극했거든요. 그 물건이 자기가 키우는 식물들과 이야기를 나눌 수 있을 것 같았습니다.

돌아오는 기차를 타기 위해 오래 기다려야 했습니다. 당신도 아시겠지만, 로자, 러시아 역들은 종종 기차를 기다리는 사람들로 미어터질 때가 있잖아요. 야닌은 세 개의 반지 중 하나를 왼손 네번째 손가락에 끼고, 나머지 두 개는 좀 더 은밀한 곳에 숨겼습니다. 기차에 올랐을 때 군인 한 명이 그녀에게 안쪽 자리를 양보했고, 그녀는 안도의 한숨을 쉬었죠. 그 자리라면 잠을 좀 잘 수 있을 것 같았으니까요. 국경을 넘을 때는 아무 문제도 없었습니다.

자모시치로 돌아온 그녀는 자신이 산 가격의 두 배를 받고 반지를 팔았는데, 그것도 폴란드 상점에서 파는 가격보다는 한참 싼 것이었습니다. 야닌은 왕복 기차 삯을 제하고도 예상외의 소득을 남길 수 있었죠.

내가 당신에게 보내려는 이 물건을 야닌은 주방의 창틀에 두었습니다.

"백과사전의 목적은 지상에 흩어진 모든 지식을 모으는 것, 동시대를 함께 살고 있는 사람들에게 지식 일반의 체계를 보여 주고, 우리 뒤에 살게 될 후손들에게 그것들을 전해 주는 것이다. 지난 몇 세기 동안의 작업들이 앞으로 다가올 세기에 쓸모없는 것이 되지 않도록 하기 위해, 우리 후손들이 더 많은 배움을 얻음으로써 더 가치있고 행복하게 지낼 수 있도록 하기 위해…."

디드로는 1750년 자신이 참여하여 제작했던 백과사전을 설명하며 이렇게 말했죠.

주방 창틀 위의 그 물건도 어딘가 백과사전과 비슷한 점이 있습니다. 얇은 판지로 만든 상자인데요, 크기는 A4만 해요. 뚜껑에는 목도리딱새가 천연색으로 새겨져 있고, 그 밑에 러시아 키릴 문자로 '노래하는 새들'이라고 적혀 있죠.

뚜껑을 열어 봅니다. 안에는 성냥갑이 세 줄로 늘어서 있고, 각 줄에는 여섯 개의 성냥갑이 있어요. 각각의 성냥갑에는 새들의 모습이 상표처럼 그려져 있죠. 열여덟 종의 명금鳴禽. 그 아래 각 새들의 이름이 러시아어로 아주 작게 적혀 있어요. 러시아어와 폴란드어, 그리고 독일어로 열정적으로 글을 썼던 당신이라면 그 이름들을 읽을 수 있겠죠. 나는 안 됩니다. 가끔씩 새들을 지켜봤던 때를 희미하게 떠올리며 추측만 해 볼 수 있을 뿐이죠.

살아 있는 새들이 날아가는 모습, 혹은 수풀로 사라지는 모습을 보며 새들의 이름을 알아맞혔을 때의 만족감은 참 이상한 느낌이죠? 그렇지 않나요? 그건 참 기묘하고 일시적인 친밀감이죠. 그 새를 알아보는 바로 그 순간에 ―주변의 수많은 다른 사건들로 시끄럽고 혼란스러운 상황에도― 새의 특별한 별명을 떠올리고는 그렇게 불러 주는 일이요. '할미새! 할미새!'라고 말입니다.

상표에 있는 열여덟 종의 새들 중에 나는 다섯 개쯤 알아본 것 같네요.

성냥갑 안에는 머리가 녹색인 성냥들이 빼곡히 들어 있습니다. 성냥갑 하나에 육십 개씩이요. 일 분에 육십 초가 있고, 한 시간에 육십 분이 있는 것과 같죠. 성냥 하나하나가 잠재적인 하나의 불꽃입니다.

당신이 적었죠. "현대의 프롤레타리아 계급은 어떤 책이나 이론에서 제시한 계획에 따라 자신들의 투쟁을 수행하는 것이 아니다. 현대 노동자들의 투쟁은 역사의 일부이고, 사회적 진보의 일부이며, 역사 한가운데서, 진보 한가운데서, 싸움의 한가운데서, 우리가 어떻게 싸워야만 하는지를 배운다."

판지 상자의 뚜껑에는 1970년대 러시아의 성냥갑 상표 수집가들을 위한 짧은 설명이 있습니다.

거기에 이런 정보가 담겨 있어요. '진화적으로 보면 조류는 다른 동물들보다 먼저 등장했다. 오늘날 전 세계에는 대략 오천여 종의 조류가 있으며, 소련에만 사백여 종의 명금이 있다. 우는 새는 일반적으로 수컷으로 알려져 있는데, 명금에 속하는 조류는 목 아래쪽에 특별한 성대를 발달시킨 종이다. 명금들은 보통 관목이나 나무, 혹은 땅에 둥지를 짓는데, 다양한 해충을 잡아먹기 때문에 곡물 농사에 도움이 된다. 최근 소련의 외딴 지역에서 새로운 울음소리를 가진 참새가 세 종 확인되었다.'

야닌은 주방 창틀에 그 성냥 상자를 보관했습니다. 그 물건은 그녀에게 기쁨을 주었고, 겨울이면 노래하는 새들을 떠올리게 해 주었죠.

일차세계대전에 맹렬하게 반대했다는 이유로 수감되었을 때, 당신은 파란 박새의 울음소리에 귀를 기울였지요. "언제나 내가 있던 감방 창가에 다가와 다른 녀석들과 함께 먹을 것을 달라고 하던, 쉬지 않고 재미있게 울어 대던 그 녀석들, '치치베', 그건 마치 말썽꾸러기 아이가 약을 올리는 소리처럼 들렸습니다. 나는 그 소리를 들을 때마다 웃음을 터뜨리며 똑같은 소리로 대답을 해 주곤 했죠. 이달 초에 그 녀석이 다른 새들과 함께 사라졌어요. 분명 어딘가에 둥지를 틀었겠죠. 몇 주 동안 그 새를 보지도, 울음소리를 듣지도 못했습니다. 어젯밤, 귀에 익은 음이 우리가 있는 건물의 안뜰과 감옥의 다른 건물들 사이에 쳐 놓은 담장 건너편에서 들려왔어요. 하지만 소리는 상당히 달라져 있었죠. 새는 짧게 세 번, '치치베, 치치베, 치치베' 하고 울었고, 그 다음엔 아무 소리도 없었습니다. 그 소리가 곧장 내 마음으로 들어왔어요. 멀리서 들려온 그 급한 울음소리가 아주 많은 것을, 새 한 마리의 일생을 전해 주었습니다."

몇 주 후 야닌은 성냥 상자를 계단 아래 선반에 두기로 했습니다. 그녀는 그 선반을 일종의 쉼터로 생각한 거죠. 자신의 '예비품'들을 보관하는 지하 창고에서 가장 가까운 자리였는데, 예비품에는 소금 깡통, 설탕 깡통, 밀가루가 든 큰 깡통, 곡물 가루와 성냥이 든 작은 주머니가 있습니다. 대부분의 폴란드 주부들은 어떤 국가적 위기가 닥쳐 상점에 물건들이 동나더라도 최소한의 생계를 유지하기 위해 그런 예비품들을 보관하고 있죠.

그런 위기는 1980년에 또 한 번 찾아왔습니다. 이번에도 그 단스크에서 시작되었는데, 노동자들이 식료품 가격 인상에 항의하는 뜻으로 파업에 돌입했던 거죠. 그 행동이 전국적인 자유노조운동의 시발점이 되었고, 결국 정부를 무너뜨렸습니다.

한 사람의 일생에 해당할 만큼 오래전에 당신은 이렇게 적었습니다. "현대의 프롤레타리아 계급은 어떤 책이나 이론에서 제시한 계획에 따라 자신들의 투쟁을 수행하는 것이 아니다. 현대 노동자들의 투쟁은 역사의 일부이고, 사회적 진보의 일부이며, 역사 한가운데서, 진보 한가운데서, 싸움의 한가운데서, 우리는 반드시 싸워야만 함을 배운다."

2010년 야닌이 죽은 후, 그녀의 아들 비테크가 계단 아래 선반에서 이 상자를 발견하고는 자신이 배관공 겸 건설업자로 일하고 있는 파리로 가지고 왔습니다. 나한테 주려고요. 우리는 오랜 친구 사이입니다. 매일 저녁 함께 카드놀이를 하며 쌓아온 우정이죠. 러시아와 폴란드에서 주로 하는, '얼간이'라는 카드놀이인데, 자신이 가진 카드를 모두 '잃어버린' 사람이 이기는 놀이입니다. 비테크는 내가 그 성냥 상자를 궁금해 할 거라고 생각했던 거죠.

성냥갑의 두번째 줄에 있는 새들 사이에서 저는 가슴이 분홍빛이고 꼬리에 흰 줄이 두 개 들어간 붉은가슴방울새를 알아보았습니다. 추잇! 추잇!… 가끔 그 녀석들이 나뭇가지 끝에서 떼지어 울 때가 있죠.

"내가 이성을 잃지 않도록 가장 많이 도와준 작은 친구입니다. 그 친구의 그림을 함께 보내요. 부리가 짧고, 이마가 툭 튀어나왔고, 세상일을 모두 알고 있을 것 같은 눈을 지닌 이 동무의 학명은 히폴레스 히폴레스이고, 일상적으로는 수목樹木새, 혹은 흉내지빠귀라고 부릅니다." 당신은 1917년 포즈난 감옥에 수감된 후에도 계속 이런 편지를 썼죠. "이 새는 상당히 괴짜입니다. 다른 새들처럼 한 가지 울음소리를 가지거나 하나의 음으로 울지 않거든요. 이 새는 신의 은총을 받아 연설가가 된 것 같습니다. 정원에 나와 장황하게 연설을 하는 거예요. 극적인 긴장감과 빠른 전개, 고양된 비애감을 담은 큰 목소리로 연설을 하죠. 녀석은 가장 있을 법하지 않은 질문들을 던지고, 서둘러 앞뒤가 맞지 않는 대답을 하고, 가장 대담한 주장을 하고, 아무도 입 밖에 낸 적 없는 반박을 물리치고, 활짝 열린 문을 향해 돌진하고는 갑자기 승리에 도취해 외칩니다. '내가 말하지 않았어? 내가 말하지 않았어?' 그리고 뒤이어 귀를 기울였든 기울이지 않았든 모두를 향해 엄숙한 목소리로 경고하죠. '알게 될 거야! 알게 될 거야!' (녀석은 이런 재치있는 말을 두 번씩 반복하는 영리한 습관이 있습니다.)"

붉은가슴방울새가 그려진 성냥갑에는, 로자, 성냥이 가득 들어 있습니다.

당신은 1900년에 이렇게 적었죠. "대중들의 지도자는 대중들 자신이며, 그들은 변증법적으로 자신들의 발전 과정을 창조해 나간다."

이 성냥갑 상자를 어떻게 당신에게 전할 수 있을까요. 당신을 죽인 깡패들은 당신의 사체를 토막낸 다음 베를린 운하에 버렸습니다. 석 달 후 썩은 물에서 사체가 발견되었죠. 그게 당신의 사체가 맞는지 의심하는 사람들도 있었습니다.

지금 이 암울한 시대에 이 글을 씀으로써 나는 그 상자를 당신에게 보낼 수 있습니다.

"나는 있었고, 지금 있으며, 앞으로도 있을 것입니다"라고 당신은 말했습니다. 당신은 당신이 보여 준 본보기 안에 살아 있습니다, 로자. 그리고 여기, 나는 당신이 보여 준 본보기를 향해 이 물건을 보냅니다.

---

* 로자 룩셈부르크Rosa Luxemburg(1871-1919): 폴란드 출신의 독일 혁명가이자 정치이론가. 독일 공산당의 전신 '스파르타쿠스단'을 설립하고 혁명활동을 벌이다 살해당했다.

당돌함

최근에 알베르 카뮈의 놀라운 책 『최초의 인간Le Premier Homme』을 다시 읽었다. 그 책에서 카뮈는 자신을 어른으로, 그리고 작가로 만들어 준 무언가를 어린 시절을 비롯한 인생의 초반부에서 찾고 있다. 그런 작업을 하면서도 그는 자기중심적이지 않다. 『최초의 인간』은 당시의 세계와 역사에 관한 책이다.

그 책을 읽고 나서 나를 지금의 이야기꾼으로 만들어 준 건 무엇일까 자문해 보았다. 단서를 하나 찾았다. 카뮈가 발견한 것에 필적할 만한 건 하나도 없었지만, 간략히 적어 둘 통찰은 하나 있었다.

내가 기억하는 한 나는 아주 어린 시절부터 일종의 고아가 된 것 같은 느낌을 가지고 있었다. 내게는 사랑을 베풀어 준 부모님이 계셨기 때문에 그건 약간 이상한 종류의 고아였다. 안쓰럽다고 할 수 있는 처지는 아니었지만, 어떤 물질적 환경이 그런 감정을 불러일으켰고, 어떤 면에서는 부추기기도 했다.

나는 부모님을 거의 보지 못하고 자랐다. 어머니는 주방에서 시장에 내다 팔 케이크와 과자를 만드셔야 했기 때문에, 집에서 정작 나를 돌봐 준 사람은 뉴질랜드 출신의 보모였다. 때는 1930년대였고, 우리 부모님은 두 분의 성향을 볼 때, 꽤 힘들게 가계를 꾸려 가고 계셨다. 내가 보모와 함께 지내던 두 방에는 커다란 옷장이 있었고, 보모는 그걸 '눈물 벽장'이라고 불렀다. 내가 울음을 터뜨리면 보모는 나를 옷장에 집어넣었다. 가끔 우리가 어떻게 하고 있는지 살피기 위해 어머니가 올라오셨고, 그럴 때면 집에서 만든 초콜릿 퍼지도 한 통 가지고 오셨다.

나는 일찍부터 기숙학교에 다녔다. 한 학기가 석 달이었는데, 부모님은 한 학기에 한 번씩만 나를 보러 오셔서, 토요일 오후에 함께 외출하곤 했다.

가족들이 모이는 날은 크리스마스뿐이었다. 삼촌들, 이모들, 사촌들이 함께 모여 사흘간 신나게 먹었다. 그리고 아주 오래전부터 호화로운 크리스마스 만찬을 마친 후에는 내가 친척들 앞에 서서 이야기를 하며 웃겨야 했다. 나는 어딘가 다른 곳에서 온 별난 메신저가 된 것 같았다.

열여섯 살 때 기숙학교에서 나와 런던에서 친구들과 함께 독립하려고 애썼고, 어렵지만 그렇게 할 수 있었다. 크리스마스가 되면 부모님을 찾아가 함께 명절을 보냈다. 아버지가 나의 첫 오토바이를 사 주셨다. 열여덟 살 때 처음으로 아버지의 초상화를 그렸다. 화가는 어린 시절 아버지의 꿈이었지만, 형편 때문에 꿈을 이룰 수가 없었다. 하지만 아버지는 금속판에 직접 그린 그림을 기념품처럼 보관하고 계셨고, 달리아를 그린 그 금속판은 어린 내게 일종의 부적 같은 역할을 해 주었다.

고아는 현재의 자신에 만족하는 법을 배우게 되고, 그와 함께 어떤 특별한 기술도 익히게 된다. 그는 혼자 살아가는 프리랜서가 된다.

네댓 살에 프리랜서가 된 후 줄곧 만나는 사람들 역시 나 같은 고아일 거라 생각하고 대했다. 아마 지금도 그렇게 하고 있을 거라 생각한다.

나는 만나는 사람들에게 고아들끼리의 공모共謀를 제안한다. 우리는 서로 윙크를 나누고, 위계를 거부한다. 모든 위계를. 우리는 당연하다고 여겨지는 세계를 무시하고, 그럼에도 여전히 세상을 헤쳐 나갈 수 있는 방법에 대해 이야기를 나눈다. 우리는 당돌하다. 우주의 별들 중 절반 이상이 그 어떤 성운에도 속하지 않는 외톨이별이다. 모든 성운을 다 합친 것보다 그 별들이 내는 빛이 더 많은 셈이다.

당연히 우리는 당돌하다. 그리고 내가 독자들에게 다가가 말을 거는 방식 역시 그럴 것이다. 마치 여러분들도 고아인 것처럼 말이다.

넘어지는 기술에 관한 몇 가지 노트

그는 세상에서 일어나는 일을 매정한 것으로, 동시에 설명할 수 없는 것으로 본다. 그리고 그 점을 당연하게 받아들인다. 그의 에너지는 눈앞의 상황을 벗어나고, 조금이라도 더 밝은 무언가를 찾아낼 방법을 모색하는 일에 집중한다. 그는 삶에서 반복해서 일어나는 일들, 그래서 이상함에도 불구하고, 익숙한 어떤 환경이나 상황들이 많다는 것을 알게 되었다. 아주 어릴 때부터 그는 반복해서 일어나는 이런 일상적인 수수께끼에 관한 격언이나 농담, 은근한 충고, 대처법, 혹은 피하는 법에 익숙했다. 그래서 그런 상황에 마주쳤을 때, 자신이 마주한 것에 대한 사전지식을 가지고 대처한다. 그는 좀처럼 당혹스러워하지 않는다.

그가 얻은 사전지식에 속하는 격언이나 속담들은 다음과 같다.

항문은 남자 몸의 중심이다. 상대에게 발길질을 할 때 가장 먼저 차는 곳이고, 넘어질 때 가장 자주 땅에 닿는 부분이기도

하다.

여자들은 또 하나의 군대다. 무엇보다 그들의 눈을 주시하라.

권력자들은 언제나 덩치가 크고 신경질적이다.

설교하는 사람들은 자기 목소리만 사랑한다.

매일매일 발생하는 문제들, 채우지 못한 욕구와 좌절당한 욕망을 일컫는, 혹은 설명하는 단어는 없다.

사람들은 대부분 자신만의 시간을 가지지 못하지만 그건 깨닫지 못한다. 무언가에 쫓긴 채, 그들은 자신들의 삶을 뒤쫓는다.

한 발 옆으로 물러나와 고개를 내밀기 전에는 당신도, 그들과 마찬가지로 보잘것없는 존재다. 그때 비로소 동료들이 갑자기 멈추고 놀란 눈으로 바라볼 것이다. 그 놀라움에 휩싸인 침묵 안에, 모국어가 지닌 이해 가능한 단어들이 모두 들어 있다. 당신이 서로를 알아보기 위한 작은 틈을 만들어낸 것이다.

아무것도 가지지 못한, 혹은 거의 가지지 못한 지위의 사람들이 어떤 여분의 구멍을 만들어낼 수 있다. 작은 사람 하나가 숨기에 딱 알맞은 크기의 구멍 말이다.

소화기관은 종종 우리의 통제를 벗어난다.

모자는 햇빛을 가리기 위한 것이 아니다. 그건 지위를 나타내는 표시다.

남자의 바지가 내려가면 창피하다. 여자의 치마가 들리면 빛이 난다.

매정한 세상에선 지팡이 하나가 길동무가 될 수 있다.

장소나 상황에 대한 격언들도 있다.

대부분의 건물에 들어가기 위해서는 돈이 ― 혹은 돈을 가지고 있다는 증거가― 필요하다.

계단은 미끄럼틀이다.

창문은 물건을 내던지기 위해 혹은 기어오르기 위해 있다.

발코니는 거기서 기어 내려오기 위해 혹은 물건을 떨어뜨리기 위해 있다.

야생의 자연은 피신처다.

모든 추격전은 순환한다.

모든 발걸음이 실수가 될 수 있다. 그러니 있을지도 모르는 똥을 피할 수 있게 걸어야 한다.

이런 것들은 이십세기 초, 런던 남부와 램버스에서 자란 열 살 ―맨 처음 두 자리 숫자가 되는 나이― 남짓한 아이가 속담을 통해 얻은 지식들이다.

이 어린 시절의 대부분을 그는 공공시설에서 보냈다. 처음엔 빈민 수용 작업시설이었고 나중엔 가난한 아이들을 위한 공립학교였다. 그가 몹시 애착을 보였던 어머니 한나는 그를 돌볼 여유가 없었다. 역시 런던 남부, 공연장의 배우들 사이에서 자랐던 그녀는 인생의 대부분을 정신병동에 갇혀서 지냈다.

빈민 수용 작업시설이나 버려진 아이들을 위한 공립학교는 조직이나 공간의 배치가 감옥이랑 비슷했고, 지금도 비슷하다. 낙오자들을 위한 교정 시설. 열 살 소년과 그 소년이 겪어야 했던 일을 생각하면 나의 친구가 그린 그림들이 떠오른다.

　내 친구 마이클 콴Michael Quanne 은 사십대가 될 때까지 이런저런 절도죄로 대부분의 시간을 감옥을 드나들며 지냈다. 감옥에서 그는 그림을 그리기 시작했다.

　그가 그린 작품들의 소재는 수감자가 보거나 상상한, 자유로운 바깥세상에서 벌어지는 일들이다. 이 그림들에서 놀라운 점은 장소들, 그림 속에서 묘사되는 공간들이 지닌 익명성이다. 상상 속의 인물들, 주인공들은 생생하고, 표현적이고, 에너지가 넘치지만, 그들이 있는 길거리의 모퉁이나 위압적인 건물들, 출구와 입구, 고층 건물의 스카이라인과 골목길은 황량하고, 표정이 없고, 생동감이 없으며, 무심하다. 그 어디에서도 어머니의 손길이 닿았음을 암시하는 흔적은 없다.

우리는 감방의 유리창, 투명하지만 통과할 수 없고, 매정한 그 유리창을 통해 바라본 바깥세상의 장소들을 보고 있다.

열 살 소년은 자라서 청소년이 되고 젊은이가 된다. 키가 작고, 아주 마른, 상대를 꿰뚫을 듯한 파란 눈을 지닌 젊은이였다. 그는 춤추고 노래했다. 무언극도 했다. 그는 무언극을 통해 얼굴 표정들로 미묘한 대화를 만들어냈고, 세심한 손동작과 그를 둘러싼 공기, 자유롭고 어디에도 속하지 않은 그 공기를 함께 활용한 동작들을 선보였다. 연기자로서 그는 최고의 소매치기가 되어 혼란과 절망이라는 주머니에서 웃음을 낚아채듯 끄집어냈다. 그는 영화들을 연출하고, 그 영화들에서 연기도 했다. 영화 속 장소들 역시 황량하고, 익명성을 띠며, 어머니의 흔적이 보이지 않는다.

친애하는 독자들도 이미 내가 누구 이야기를 하고 있는지 알

아챘을 거라 생각한다. 찰리 채플린Charlie Chaplin, 꼬마, 떠돌이.

1923년, 그의 영화제작진이 「황금광 시대The Gold Rush」를 찍을 때의 이야기다. 영화의 줄거리에 대한 뜨거운 논쟁이 진행 중이던 촬영장에 파리 한 마리가 날아다니며 주의를 산만하게 했다. 화가 난 채플린이 파리채를 달라고 해서 파리를 잡으려 했지만 잡을 수가 없었다. 잠시 후 파리가 손만 뻗으면 닿을 수 있는 옆 테이블 위에 내려앉았다. 그는 파리채를 쥐었다가 갑자기 손을 멈추고는 다시 내려놓았다. 다른 사람들이 이유를 묻자 그는 사람들을 돌아보며 이렇게 대답했다. "아까 그 파리가 아니네요."

그로부터 십 년쯤 전, 채플린이 좋아했던 '뚱보' 동료 로스코 아버클Roscoe Arbuckle은 친구 채플린에 대해 이렇게 말했다. "그는 코미디와 관련해서는 완벽한 천재입니다. 앞으로 한 세기 후에도 이야기될 우리 시대 유일한 인물이라는 데 의심의 여지가 없습니다."

실제로 한 세기가 흘렀고 '뚱보' 아버클의 말은 사실로 판명되었다. 한 세기 동안 세상은 경제적으로나 정치적 사회적으로 깊은 변화를 겪었다. '유성영화'가 등장하고, 할리우드라는 새로운 체계가 자리잡으면서 영화도 변화를 겪었다. 하지만 채플린의 초기 영화들은 그 신선함과 유머, 통렬함, 혹은 각성을 조금도 잃지 않고 있다. 뿐만 아니라 그 영화들이 시사하는 바는 어느 때보다 가깝고, 다급하게 느껴진다. 그 영화들은 우리가 살고 있는 이십일세기의 상황에 대해 아주 친밀하게 언급하고 있다.

이런 일이 어떻게 가능할까. 나는 두 개의 통찰을 제시하고 싶다. 첫번째는 앞에서 설명한 속담을 통해 세상을 설명하는 채플린의 세계관과 관련이 있고, 두번째는 광대로서 그의 천재성과 관련이 있다. 역설적이게도 그 천재성은 그가 어린 시절 겪었던 시련의 산물이다.

오늘날 세계 경제를 지배하고 있는 투기 금융 자본은 정부를 노예 주인처럼 활용하고, 전 세계 미디어를 마약 공급상처럼 활용한다. 이 폭정의 유일한 목표는 이윤과 자본 축적인데, 이를 위해 사람들에게 소란하고, 위태롭고, 매정하고, 설명할 수 없는 세계관 혹은 삶의 패턴을 강요한다. 그런 인생관은 채플린이 초기 영화를 찍을 때의 인생관보다는 열 살 소년이 속담을 통해 알게 된 세계관과 더 가까워 보인다.

오늘 아침 신문에 볼리비아의 에보 모랄레스Evo Morales 대통령에 관한 기사가 실렸다. 냉소적이지 않고 상대적으로 개방적인 태도를 보이는 이 대통령이 열 살 이상 아동의 노동을 합법화하는 법안을 제안했다는 내용이었다. 이미 백만 명에 가까운 볼리비아 아동들이 가족의 생계를 위해 그렇게 하고 있다. 그가 제안한 법안은 그 아동들에게 약간의 법률적 보호를 제공하자는 것이다.

육 개월 전, 이탈리아의 람페두사 섬 부근의 바다에서는 아프리카와 중동에서 출발한 사백여 명의 이민자가 익사했다. 그들은 일자리를 찾겠다는 희망으로, 바다에서 타기에는 부실한 배에 몸을 싣고 밀항하던 중이었다. 전 세계를 통틀어 삼억 명의 남성, 여성, 그리고 아동들이 생존에 필요한 최저 소득을 얻기 위해 일자리를 찾고 있다. 떠돌이는 더 이상 혼자가 아니다.

설명할 수 없는 것들은 매일매일 늘어나고 있다. 국가의 정치가들이 하고 있는 논쟁이 더 이상 그들이 할 수 있는 일 혹은 해야만 하는 일과 아무 관련이 없기 때문에, 보편적 참정권이라는 것도 의미 없게 되어 버렸다. 오늘날의 세계를 결정하는 근본적인 판단은 모두 투기 자본가와 그 대리인들에 의해 이루어지지만, 그들은 이름이 없고 정치적인 발언은 전혀 하지 않는다. 열 살 소년이 추측했듯이 "매일매일 발생하는 문제들, 채우지 못한 욕구와 좌절당한 욕망을 일컫는, 혹은 설명하는 단어는 없다."

광대는 삶이란 잔인한 것임을 알고 있었다. 고대 궁정 광대의 알록달록하고 밝은 복장은 이미 자신의 남달리 우울한 표정에 대한 농담이었다. 광대는 지게 마련이었다. 패배는 그가 하

는 이야기의 출발점이었다.

　채플린의 익살이 지닌 에너지는 반복적이고 점점 커진다. 매번 넘어질 때마다 그는 새로운 사람이 되어 일어난다. 같은 사람이면서 동시에 다른 사람인 어떤 사람. 넘어질 때마다 다시 일어날 수 있게 하는 비밀은 바로 그 복수성複數性이다.

　또한 그 복수성은 그의 희망이 반복적으로 산산조각 나는 일에 익숙해진 후에도 여전히 다음 희망을 놓치지 않을 수 있게 해 주었다. 그는 반복해서 굴욕을 당하면서도 평정심을 잃지 않는다. 심지어 반격을 할 때도 그는 유감스럽다는 듯이 평정심을 잃지 않는다. 그런 평정심이 그를 무적의 존재로, 거의 불멸의 존재로 보이게 한다. 희망 없이 반복되는 일상의 사건들 틈에서 그 불멸성을 감지한 우리는, 웃음으로 그 알아봄을 인정한다.

채플린의 세계에서 웃음은 불멸성을 일컫는 다른 이름이다.

팔십대 중반의 채플린을 찍은 사진이 있다. 어느 날 나는 그 사진들을 보다가 그 표정이 어딘가 익숙하다고 생각했다. 당시에는 떠오르지 않았지만, 나중에 그 이유를 알게 되었다. 확인해 보니 그 표정은 렘브란트의 자화상 속 표정과 닮아 있었다. 바로 〈웃고 있는 철학자, 혹은 데모크리토스의 모습을 한 자화상〉이었다.

"나는 그저 보잘것없는 코미디언일 뿐입니다." 그는 말했다. "제가 바라는 건 그저 사람들을 웃게 하는 것입니다."

나는 아르카디아에도 있다

스칸디나비아는 인구 밀도가 희박하고, 주민들이 나란히 모여 지내며 집단crowd을 형성하는 경우에도 좀처럼 대중mass을 이루지는 않는다. 그들은 가장 물리적인 의미에서, 뭉치지 않는다. 한데 모이는 것에 대한 이러한 거부감, 혹은 따로 지내야 할 필요는 단순히 개인주의의 표현만은 아니다. 바로 그 사람들이 또한 가장 순종적이고, 시민의식이 높으며, 관습적이기 때문이다. 칼뱅파 교리의 자의식도 어느 정도 관련은 있을 것이다. 하지만 거기에는 칼뱅파와는 아무 관련이 없는 다른 요소도 있다. 이들은 모두 어느 정도는 제 나름의 행복에 대한 이상을 가지고 있는데, 이 이상은 그들이 공유하는 기억에 의해 유지된다. 부분적으로는 만들어지는 것이고, 부분적으로는 사실이기도 한 그 기억은 어린 시절에 보냈던 여름에 대한 기억, 햇빛과 물결과 끝날 것 같지 않던 하루에 대한 기억이다. 모든 문화권은 자신들만의 아르카디아arcadia(목가적 이상향—옮긴이)를 만들어내는데, 이 아르카디아는 해당 지역의 기후나 지형과 밀

접하게 이어져 있다. 스칸디나비아의 겨울은 견딜 수 없을 만큼 길고 어두우며, 해마다 두 달 동안 지속되는 여름은 ─정확한 경도에 따라 조금씩 다르기는 하지만─ 백야 덕분에, 마치 순수함이 드러날 때처럼 물리적으로 무언가를 보상받은 기분을 들게 한다.

이 글을 쓰는 동안, 갑자기 스벤*이 십여 년 전 브리타니 해안 앞 벨 아일에서 그렸던 그림들이 떠올랐다. 발가벗은 몸들, 파도, 바위 사이의 바닷물, 그 모든 것에 눈부시게 쏟아지던 햇빛, 끝없이 펼쳐진 시야. 그 작품들은 사실 앞에서 말한 제 나름의 행복, 어린 시절의 여름에 대한 이미지들이었다.

스칸디나비아에서는 여름이 되면 사람들이 나이에 상관없이 스스로 감당할 수 있을 만큼 옷을 벗는다. 그렇게 햇빛과 물, 그리고 보상을 받는 몸이라는 세 개의 순수가 서로 접촉한다.

나는 그의 장례식에 참석하기 위해 스톡홀름에 왔다.

우리는 오십 년 동안 친구로 지내며 함께 많은 일을 했다. 지붕을 수선하고, 요리하고, 함께 책을 만들고, 여행하고, 시멘트를 섞고, 시위에 참여했다. 가끔은 함께 토론하기 위해 같은 주에 같은 책을 읽기도 했다. 스벤이 어떤 인물이었는가 하는 것은 정치적으로 아직 정해지지 않았다. 어쩌면 앞으로 이십 년 쯤 후, 지금 진행 중인 세계의 변화가 더 잘 이해되고 나면 가능해질지도 모르겠다. 더 나은 말이 없었기 때문에, 그는 한 명의 무정부주의자로 불리는 것에 만족했다. 누군가 그를 테러리스트라고 칭한다면 그는 그저 어깨를 으쓱해 보일 것이다.

그는 마치 낙타를 타고 있을 때처럼 몸을 출렁이며 걷는다. 그는 느릿느릿 말하는데 그 목소리는 유난히 확신에 차 있다. 휴전이 선언되었다고 확신하며 속삭이는 남자의 목소리. 그가 어떤 주장을 할 때, 타협하지 않는 자세를 보일 때면 머리칼이 —아직 머리칼이 남아 있을 때 이야기지만— 곤두서곤 했다. 손가락은 길고 가늘었으며, 특히 손끝이 유난히 커서 눈을 가린 상태에서도 사물을 분간할 수 있을 것 같았다. 이 또한 여성과 남성 모두에게 그가 확신을 주는 점이었다.

그는 키가 크고 마른 체형이었지만, 수영을 할 때면 마치 거북이처럼 아주 편안하고 우아해 보였다.

장례식 전날. 나는 스톡홀름 국립미술관에 가서 한때 우리가 함께 보았던 그림들을 살펴보았다. 그가 특히 좋아했던 베르트 모리조Berthe Morisot의 풍경화가 있었다. 마치 드레스 안쪽 같은 그림이라고, 그는 말했다, 살갗과 닿는 드레스 안쪽 같은 그림!

사십여 년 전 여름, 나는 처음으로 보클뤼즈에 있는 스벤과 로메인의 집에서 몇 달간 함께 여름을 보냈다. 두 사람의 딸 카린이 막 태어났을 때였다. 집에는 두 그루의 무화과나무가 있고, 체리와 살구 과수원에 둘러싸인, 원시적인 곳이었다. 전기와 수도는 없었다. 빗물을 받아 두었다가 몸을 씻는데 썼고, 식수는 마을에 있는 우물에서 길어 왔으며, 요리는 부엌에 있는 화덕에서 했다. 햇빛이 뜨거운 한낮에는 마당의 닭들이 그늘을 찾아 부엌으로 들어오곤 했다. 개도 두 마리 있었다. 로메인은 야외에서 작업했는데, 현지의 자연석을 이용해 조각 작품을 만들었다. 종종 하얗게 돌가루를 뒤집어쓴 그녀의 모습을 보곤 했다. 스벤은 헛간 이층쯤 되는 곳에서 그림을 그렸다. 방 네 개짜리 집에서 사치라고 할 수 있는 것은 서재였는데 ―스벤의 책들이 줄지어 꽂혀 있었다― 나는 거기서 일했다. 우리가 가진 돈은 모두 부엌 화덕 위에 있는 선반에 놓인 그릇 안에 보관했다. 매미 울음소리가 그치지 않았고, 밤이면 올빼미들이 울었다. 전혀 스칸디나비아스럽지 않은 곳이었지만, 스벤은 그곳에서 자신의 목가적 이상향을 찾았다. 7월과 8월에는 그 대가를 치러야 했다. 손님들이 더 많이 찾아오고, 그들이 떠나지 않으려 했기 때문이다. 손님들은 그냥 잔디밭 위에서 잠을 자거나 텐트를 치고 지냈다.

스벤과 내가 저녁 식사를 준비했다. 우리는 법랑그릇을 사용했는데, 그쪽이 쌓기도 쉽고 깨질 일도 없었기 때문이다. 손님들은 로메인이 나중에 조각을 하려고 가져다 놓은 돌이나 시트로엥 되 셰보에서 떼어낸 자동차 좌석에 앉아 식사를 했다. 파리나 독일, 런던, 스톡홀름에서 찾아온 손님들은 과학자, 교수, 의사, 미술사가, 건축가 들이었고, 그들 모두 ―스벤의 존재감이나 따뜻한 환대, 그리고 능수능란한 접대 덕분에― 자신들이 (어쩌다 보니) 천국에 있는 거라고 생각했다.

오후가 지날 때까지 손님은 일곱 명이었다. 집으로 이어지는 먼짓길에 다른 차 한 대가 다가오는 소리가 들린다. 그 집은 나이 든 농부가 살던 집인데, 죽음을 앞두고 정부를 속이기 위해 스벤에게 넘겼다. 나는 시계를 본다. 오늘 저녁은 메뉴 C로 해야겠는걸, 스벤이 확신에 찬 목소리로 말한다. 내가 불을 피울 테니, 자네가 갔다 와!

메뉴 C란 내가 카바용의 공공쓰레기 하치장에 차를 몰고 가서 아직 먹을 만한 과일과 야채를 거둬 오는 것을 의미한다. 상점들이 문을 닫으면서 그냥 버려진 식재료들이다. 부엌을 나서기 전에 나는 그릇에서 빵을 살 돈을 집어 든다.

국립미술관에는 이전에 스벤과 함께 왔을 때는 보지 못했던 렘브란트의 작품이 한 점 있었다. 성 시므온을 그린 작품으로, 노인은 사원에서 아기 예수를 들어 보이고 있다. 그 유명한 '이제 놓아 주시는도다Nunc Dimittis'라는 말을 하기 직전이다.

내가 그 그림을 드로잉으로 옮겨 보고 싶었던 건 그 말과는 아무 상관이 없다. 나는 노인의 품에 안긴 아기의 모습과 노인의 쭉 내민 팔, 양손의 엄지와 나머지 여덟 개의 손가락이 거의 닿을 듯 닿지 않고 있는 그 모습을 더 가까이서 보고 싶었던 것뿐이다.

스벤은 육십 년 넘게 전업 화가로 활동했지만 내가 아는 그 어떤 화가보다 작품이 팔리지 않았던 화가였다. 그 결과 그는 물질적인 곤경에 빠졌다. 그는 늘 돈이 부족했다. 평생 동안, 가장 소박한 화가들이 적당한 작업실이라고 부를 만한 곳을 가지지 못한 채 지내야 했다. 그리고 소수의 친구들을 제외하고는 알려지지도 않았다. 그럼에도 그는 하루도 빠짐없이 붓이나 파스텔, 펜을 들고 작업에 임했으며, 많은 날을 더 이상 빛이 들지 않을 때까지 꼬박 일했다. 그렇게 그는 자연이 갑자기 그 모습을 드러내던 계절의 순수함 속으로 걸어 들어갔다.

나는 늘 스벤이 자신의 작품 소재를 택하는 게 아니라는 인상을 받았다. 작품을 주문하는 건 늘 소재들 쪽이었다. 그의 소재들이 그의 후견인이 되었다. 해안선, 체리밭, 도시를 가로지르는 강, 펼쳐진 산맥, 옹이가 진 포도나무 가지, 친구의 얼굴.

파킨슨병이 진행되고 있던 마지막 몇 년 동안, 그의 후견인은, 그의 기력이 충분한 날이면, 과일들이 놓인 접시였다. 그가 가족과 함께 지내던 스톡홀름 중심부의 공동주택 주방 식탁 모퉁이에, 긴 손가락을 떨며 배열했던 과일들. 그는 그 과일들을 놓고 오일 스틱으로 엽서만 한 정물화를 그렸다.

그는 자신의 곤경에 대해 떠드는 건 시간 낭비라고 여겼다. 신의 섭리를 믿었기 때문이다. 그는 행복한 순간들을 소중히 생각했고(물론 그런 순간들을 알아볼 수 있어야 한다고 그는 말했다), 위대한 화가이면서 또한 훌륭한 마음을 지니고 있었던 피사로의 선례와 예상치 못했던 마주침(늘 눈을 열어 놓고 지내야 하는데, 대부분의 사람들은 그렇게 하지 못한다), 그리고 자연의 신비를 소중히 생각했다. 그의 마지막 작품들, 그 작은 정물화 작품들에서 색들이 서로에게 말을 걸고 있는 것은 바로 그런 이유 때문이다. 그것이 또한 그가 후회 없는 삶을 살 수 있었던 이유이기도 하다. 그도 화를 낼 때가 있었지만, 개인적으로는 아무것도 후회하지 않았다. 그리고 바흐를 들을 때면, 신의 섭리에 대한 그의 믿음은 더욱 깊어졌다.

스벤을 인정하지 않는 사람들은 그가 고집이 세다고 생각한다. 그는 절대 물러나지 않고, 공개적으로 자신의 견해를 바꾸는 일도 절대 없다. 그는 쉬지 않고 조금씩 앞으로 나아간다. 심지어 마지막 순간까지, 한 번에 이십 센티미터씩만 움직일 수 있고, 오 미터 정도의 거리도 불가능할 정도로 먼 거리로 느껴질 때에도 그는 조금씩 앞으로 나아갔고, 잠시 쉴 때는, 눈을 감고 다시 나아갈 힘을 모았다. 또 다른 사람들은 그가 평생을 미술에 바치고도 천재성을 보여 주지 못했다는 이유로 그를 인정하지 않는다. 그들의 눈에는 그런 끈질김에서 드러나는 고귀함은 보이지 않는 것이다.

그는 죽었다, 홀로, 심장마비로, 정물화를 그리기 위해 과일들을 배열하곤 하던 주방 식탁에서 몇 미터 떨어진 곳에서 사망했다. 일 년 중 낮이 가장 길었던 날이었다. 2003년 6월 21일. 그가 발견되었을 때는 이미 낮의 길이가 조금씩 짧아지고 있었다.

장례식은 오후 두시에 스코그스키르코가르덴이라는 남부 교외지역에서 열릴 예정이었다. 우리는 지하철을 타고 가서 도착 후에 샌드위치를 먹고 정해진 교회로 가기로 했다. 삼십 분쯤 기다리다 기차에 올랐다. 승객들 중 남자들은 모두 반바지, 여자들은 민소매 차림이었다. 아주 더운 날씨였다. 창문을 모두 열어 둔 채 덜컹거리며 달리는 객차 안에는 바보 같은 사랑, 촌스러움, 놓쳐 버렸던 기회들, 주근깨투성이 등, 어색했던 중얼거림, 땀에 젖은 머리칼, 뜨거운 발 같은 것들, 있는 그대로의 삶을 모두 용서할 수 있을 것 같은 분위기가 떠다녔다.

우리가 도착한 곳에는 꽃집 두 곳과 끝없이 이어질 것 같은 공동묘지뿐이었다. 우리는 각자 관 위에 놓을 장미를 한 송이씩 샀다. 먹을 것을 살 만한 곳은 하나도 없었다. 결국 먹을 것을 사기 위해 다시 지하철을 타고 한 정거장을 되돌아와야 했다. 공동묘지가 시작되는 곳이었다.

우리가 한 일은 이렇다. 그쪽에는 꽃집들이 더 많이 있고, 그 앞에 현대식 공동주택들이 늘어서 있으며, 공동주택들 한가운데에 잔디가 깔린 광장이 있다. 그 내부 광장 입구에서 식당 위치를 알려 주는 화살표 간판을 발견한다. 우리는 샌드위치기 있기를 바라며 그 화살표를 따라 걷는다. 식당에는 탁자가 많고 직접 음식을 갖다 먹는 셀프 카운터도 있다. 메뉴는 화이트소스를 곁들인 대구 요리와 익힌 감자다. 진열장에 놓인 케이크와 각양각색의 빵은 장난감처럼 보이는데, 그중에서 디저트를 고르면 된다. 커피, 차, 사과주스, 그리고 식당에서 '약한 맥주(도수 2.0%)'라고 부르는 술도 있다. 줄을 선 사람들 중 많은 이들이 지팡이를 짚고 있다. 식기들은 전부 흰색이다, 나이프나 포크를 담아 두는 흰색 철제 서랍처럼. 고무 튜브의 냄새도 희미하게 난다. 휠체어를 탄 손님이 세 명 더 도착한다. 뭘 마시면 좋을지 고민하는 나를 보며 뒤에 있던 남자가 말한다. 약한 맥수가 제일 낫습니다!

몇 분 후 새하얀 제복 차림에 비닐장갑을 낀 남녀가 나타나 링거 병을 두 개씩 나란히 내려놓았다. 우리가 있는 곳은 노인 전용 공동주택에 딸린 식당이었고, 주민들은 공동주택에 함께 들어와 있는 의료시설 덕분에 독립적인 생활을 유지할 수 있는 사람들이었다. 입주민을 위한 식당이지만, 일반 손님도 이용할 수 있게 되어 있었던 것이다.

식당에서 식사를 하는 주민들은 모두 따로 앉는다. 그들은 기차를 기다리는 대합실의 승객들처럼 각자 독립성을 유지한다. 그리고 그들의 공통된 목적지는 길 건너, 꽃집 너머에 있다.

손님들은 고개를 들지 않은 채 각자 접시에 놓인 음식에만 집중한다. 매일매일 서로의 고독을 직면하는 일은 혼자 고독을 견디는 일보다 더 힘들 것이다. '진짜 덥지요?'라고 말하며 탁자 사이를 돌아다니는, 약한 맥주를 권했던 남자만이 예외다. 배회하던 그 남자는 결심한 듯 우리가 앉은 탁자로 다가왔지만, 우리는 장례식에 늦지 않기 위해 일어나야만 했다.

식당 바깥의 공기는 헐떡이는 말의 숨결만큼이나 뜨겁고, 공동묘지의 적막함은 끝없이 펼쳐져 있다.

장례식을 마치고, 참석자들은 스벤이 공동으로 사용했던 작업실 건물 앞 정원에 마련된 뷔페에 초대되었다. 잠시 정원에서 나와 기억에 의지하며 건물 일층의 문을 열어 보았다. 작업실은 비현실적으로 느껴질 만큼 깨끗했다. 그 정결함이 그의 부재를 말해 주고 있었다. 이젤에는 아무것도 걸려 있지 않았다. 몇몇 작품들이 벽 쪽을 향해서가 아니라 사람들이 볼 수 있게 세워져 있었다. 강렬한 작품은 더 강렬해 보이고, 약한 작품은 더 초라해 보였다. 하지만 나를 가장 놀라게 한 것은 이젤과 같은 높이로 반대편 벽에 걸려 있는 어떤 작품의 복제화였다. 바로 렘브란트의 시므온 그림이었다.

나는 다시 밖으로 나와 와인을 마시고 있던 유족과 손님들에

합류했다. 렘브란트의 복제화에 대해서 물어보았지만 스벤이 언제 그 그림을 구해서 벽에 붙여 놓았는지 확실히 알고 있는 사람은 없었다. 그 그림은 렘브란트가 마지막으로 작업했던 그림으로 여겨지는 작품이다.

　장례식 다음 날 우리는 북쪽의 군도로 향했고, 나는 스벤의 스웨덴인 친구가 빌려 준 550cc짜리 야마하 오토바이를 타고 갔다. 수많은 섬들과 해협, 좁은 물길, 만灣으로 이루어진 군도는 어떤 면에서는 기억을 그대로 복사한 것 같았고, 덕분에 전설 같았던 어린 시절을 떠올리게 하는 꿈의 장소처럼 느껴졌다. 이 어린 시절에는 꿈과는 상관없는 뱃사람들의 기술이나 배에 대한 친숙함도 포함되는데, 이런 기술들 ―매듭짓는 일, 돛을 다듬는 일, 배를 해변에 끌어올리는 일, 키 손잡이 활용하는 일 들― 덕분에 목가적인 꿈에 현실성이 더해진다. 군도에 오면 오십오 세 이상의 남자들도 모두 마치 자신이 쓰고 있는 모자가 선장의 모자라도 되는 것처럼 행동한다.
　우리는 오토바이를 타고 더 북쪽으로 달려 푸루순드 섬으로 향한다. 길이 삼 킬로미터, 폭은 일 킬로미터의 섬이다.
　섬의 남동쪽 끄트머리에는 선착장과 상점, 카페가 있고, 덩치가 크고 머리칼이 밝은 스웨덴 사람들은 ―남녀 할 것 없이― 맨다리를 드러낸 채 천천히 아이스크림을 먹고, 가만히 하늘을 올려다보고, 보트에 연료를 주입하고, 먼 바다에서 수영을 하고 돌아와 수건으로 몸을 닦고, 구명조끼를 입은 채 아장아장 걷는 자녀들이 혼자서 보트의 갑판 위를 뛰어다니게 내

버려 둔다.

늦은 오후. 우리 옆에서 반바지 차림의 선장이 좀 전까지 축구를 하며 놀고 있던 아이에게 아이스크림을 건넨다. 발이 아주 잘생긴 아이다.

아침에 무스 봤어요, 소년이 선장에게 말한다.

일 년 중 이맘때는 드문 일인데.

봤다니까요.

뿔이 몇 갈래로 갈라져 있던?

제대로 세어 볼 시간이 없었어요. 금방 달아났거든요.

거기까지 말을 마친 두 사람은 바다를 내다본다. 배 한 척이 푸루순드와 윅슬란 사이의 해협을 따라 북쪽으로 항해하고 있다.

배의 크기는 제대로 가늠할 수 없을 정도다. 네 개의 숲을 차례차례 쌓은 것보다 높다. 마치 있을 법하지 않은 그 덩치가 시각은 자극하지만 청각에는 영향을 미칠 수 없다는 듯이 배는 소리 없이 앞으로 나아간다. 다음 날 아침이면 그 배는 헬싱키에 도착할 것이다. 배가 정박할 선착장 앞에 있는 사층짜리 노란색 건물에 아침 해가 비치기 전에, 그 배는 도착해 있을 것이다.

그 무스는 어떻게 이 섬에 왔을까? 선장이 묻는다.

헤엄쳐서요, 소년이 대답한다. 헤엄쳐서 온 게 확실해요.

무스는 무리 지어 다니는 동물이야. 홀로 다니지 않는다고. 바닷물에서 헤엄치지도 못하고.

그럼 그 녀석은 길을 잃은 거예요. 나무 사이로 분명히 봤거든요. 나이 든 무스.

나는 부두 근처에 모인 사람들, 어린이들, 개들의 무리에 합류한다. 모두들 그 자리에서 믿을 수 없을 정도로 크고, 소리 없이 지나는 흰색 배를 놀란 표정으로 올려다보고 있다. 같은 배, 혹은 비슷하게 생긴 다른 배가 매일 같은 시각에 지나갔을 것이므로 그건 일상적인 풍경이었을 것이다.

십오 년 전 바로 그 배가 다니는 항로를 따라 운행하는 여객선을 타고 여행했던 적이 있다. 나는 헬싱키의 사층짜리 노란색 건물 앞에서부터는 오토바이를 탔다. 그때는 소설을 쓰고 있었고, 그 배를 쓰고 있던 소설에 담았다. 나는 그 배를 죽은 이들을 싣고 저승의 강을 건너는 배로 묘사했다.

우리의 삶이 이야기대로 펼쳐진다는 것을 알고 나면, 우리는 다른 이야기를 쓰게 될까. 내 생각엔 아니다. 하지만 당시 배 위에서 나는 이야기꾼으로서 운명을 결정하는 자리에 있었다. 내가 정하는 대로 가는 거였다. 심지어 선장실에 초대되기까지 했다. 반면 지금 푸루순드 섬의 나는 똑같은 배가 지나가는 것을 올려다보며, 다른 사람들과 마찬가지로 스스로를 아주 작게 느끼고 있다. 승객들 중 몇몇이 마치 현수교 위에서 내려다보는 사람들처럼 우리를 내려다본다. 그들 사이에서 스벤을 알아보는 건 나뿐이다.

자작나무 사이를 지나며 바닷가에서 자라는 나무들에서만 나는 특별한 소리에 귀를 기울이다, 카페로 돌아온다.

날씨가 계속 이럴까요? 소년이 선장에게 묻는다.

그럼, 내일도 맑을 거야.

내일은 해가 뜨기 전에 무스부터 찾아볼래요.

흰 배는 푸루순드 섬의 북쪽 모서리를 지나 사라진다.

　일주일 후 오트사부아에서, 나는 야외에서 생선을 장작불에 굽고 있다. 아들 이브가 와인 한 잔을 갖다 주고, 올리브가 담긴 그릇을 내민다. 어스름이 내리고, 연기 때문에 눈을 제대로 뜰 수가 없어서 올리브를 쳐다보지도 않고 손으로 두 개를 집은 다음, 그중 하나를 입에 넣는다. 올리브 씨를 뱉으며 그 향을 생각해 보려는 순간 ― 쏘는 듯하고, 씁쓸한, 그리스 올리브 ― 생각 하나가 떠오른다. 이제부터는 내가 스벤 대신 올리브 맛을 봐야 한다는 생각.

　그리고 갑자기 눈을 비비며 나는 기억을 떠올린다. 스벤과 나는 런던에서 열렸던 대규모 푸생 전시회에서 처음 만나서 연락처를 주고받았다. 다른 어떤 작품들보다 〈나는 아르카디아에도 있다〉가 전시되어 있었던 것이 기억난다. 작품 안에서 한 명의 여자 목동과 목가적인 모습의 세 목동이 갑자기 무덤 앞에서 마주친다. 있을 법하지 않는 곳에 있는 무덤 앞에서 네 명 중 한 명이 나머지 사람들에게 비문을 읽어 주고 있다.

　훌륭하네요! 스벤이 머리칼이 곤두선 모습으로 말했다. 그림 안의 모든 요소들이 비문을 읽고 있는 남자의 팔 그림자 쪽으로 보는 이의 시선을 안내하고 있어요! 보이시죠? 여기 이 그림자요! 그가 가리켰다.

---

* 스벤 블롬베리Sven Blomberg(1920-2003): 스웨덴의 화가. 존 버거와는 『다른 방식으로 보기Ways of Seeing』를 공동으로 집필했다.

깨어 있음에 관하여

많은 사람들에게는 친구를 만나 술잔을 나누고 싶은, 자신이 좋아하는 술집이 있다. 나는 친구들과 집에서 마시는 것을 선호하는 편이다. 하지만 좋아하는 시립 수영장은 있다. 거기서 나는 나만의 속도로 레인을 오르내리고, 모르는 사람들을 스쳐 지난다. 그렇게 스쳐 지날 때면 눈길을, 가끔은 미소를 주고받기도 한다.

수영모를 쓰는 것은 필수다. 다이빙을 하기 전에, 혹은 모퉁이의 사다리를 통해 풀에 들어오기 전에 비누로 몸을 씻는 것도 마찬가지다. 다이빙을 하고 물 밑에서 첫번째 스트로크를 내뻗기 전, 나는 다른 시간 단위에 접어든 것 같은 느낌이 든다. 마치 어린이가 집 안의 한 층에서 다른 층으로 가기로 결정했을 때 느끼는 감정과 비슷하다.

수영장 이용객들은 평등한 익명성을 공유한다. 신발도, 계급을 알리는 표지도 없이, 그저 각자 입은 수영복뿐이다. 지나치다 다른 사람을 우연히 건드리면 사과를 한다. 우리가 다른 사람에게 보일 수 있는 무한한 잔인함, 조직화되고, 무언가에 세뇌되었을 때 우리가 보일 수 있는 그런 잔인함을 이곳에서는, 스무 바퀴째를 향해 몸을 뒤집으면서는 상상하기 어렵다.

시립 수영장의 외벽과 평평한 지붕은 유리로 되어 있다. 그래서 물 안에서도 주변 건물들이나 하늘을 볼 수 있다. 왼쪽에는 잔디가 심어진 언덕이 있고, 언덕 맨 위에 키가 큰 사탕단풍나무 한 그루가 서 있다. 옆으로 누워 수영할 때면 이 나무가 보인다.

하늘을 찌를 듯 위로 뻗은 나뭇가지들 때문에 나무 전체의 형태는 나뭇잎 하나하나와 닮았다.(대부분의 나무들은 어느 정도는 이런 경향을 보인다.) 단풍잎이 깃pinnate처럼 생겼다. '깃털'을 뜻하는 라틴어가 '피나pinna'다. 잎의 앞면은 샐러드의 녹색이고, 뒤쪽은 녹색빛이 도는 은색이다. 단풍잎이 깃 모양이 되는 건 운명이다.

풀에서 나오자마자 그 잎을 그리기로 마음먹는다. 종이 한장에 나무 전체와 가까이에서 본 나뭇잎 한 장을 함께 스케치하는 것이다. 그렇게 하면 단풍나무의 유전자 코드에도 크게 어긋나지는 않을 거라고, 나는 계속 수영을 하며 속으로 혼잣말을 한다. 그건 일종의 사탕단풍나무의 텍스트가 되는 거라고.

그런 텍스트는 말없는 어떤 언어에 속한다. 우리가 아주 어린 시절부터 읽어 온 언어, 하지만 뭐라 이름 붙일 수 없는 언어말이다.

나중에 나는 배영을 하며 철제 틀 사이에 유리창을 이어 붙인

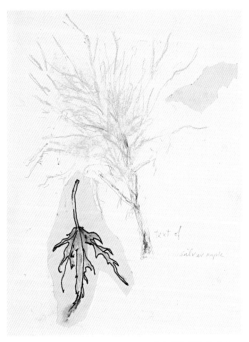

사탕단풍나무의 텍스트

지붕을 통해 하늘을 올려다본다. 눈부시게 파란 하늘 높은 곳에 하얀 새털구름cirrus clouds이 떠 있다. 짐작키로 높이는 오천 미터쯤 될 것 같다.('곱슬곱슬한 털'을 뜻하는 라틴어가 '시루스cirrus'다.) 털들은 천천히 움직이며 하나가 되었다가, 바람이 구름을 덮칠 때면 다시 흩어진다. 지붕의 철제 틀 덕분에 털들이 움직이는 거리를 측정할 수 있다. 철제 틀이 없었다면 움직임을 알아차리기 어려웠을 것이다.

털들이 움직이는 건 구름에 작용하는 압력 때문이 아니라 각각의 구름 안에서 저절로 생겨나는 어떤 운동 때문인 것처럼 보인다. 잠든 사람의 몸이 움직이는 것을 생각하면 된다.

그런 이유로 나는 수영을 잠시 멈추고, 머리 뒤로 깍지를 낀 채 가만히 떠 있다. 나의 커다란 발가락이 수면 위로 나오고, 그 아래 물이 나를 받쳐 준다.

털들의 움직임을 오래 지켜볼수록 나는 말없이 진행되는 이야기들을 떠올린다. 종종 손가락들이 하는 말 없는 이야기와 비슷하지만, 사실 여기서 이야기는 아주 작은 얼음 결정과 파란 침묵이 전하는 이야기다.

text airrus

새털의 텍스트

어제 신문에서 가자 지구의 팔레스타인인 스무 명이 집에서 폭격을 맞았다는 소식을 읽었다. 미국이 이라크에 있는 자신들의 정유시설을 지키기 위해 삼백 개가 넘는 부대를 은밀히 파병했다는 소식과 아이에스에 납치된 미국 언론인 제임스 폴리의 참수 장면이 공개되었다는 소식, 남자, 여자, 어린이가 포함된 서른다섯 명의 인도 출신 불법 이민자들이 런던에 정박하기 위해 이제 막 북해를 건넌 화물선의 컨테이너 안에서 질식사했다는 소식을 읽었다.

새털구름은 북쪽, 수영장의 끝을 향해 흘러간다. 나는 물에 뜬 채로 가만히 누워, 꼼짝도 하지 않는다. 나는 구름을 지켜보며, 눈으로 그 넘실거리는 모양을 기록한다.

그때 풍경이 보여 주는 확신이 변한다. 변화를 이해하는 데는 시간이 필요하다. 천천히 그 변화는 분명해지고, 내가 받는 확신도 더 깊어진다. 하얀 새털구름의 털들이 손을 머리 뒤로 깍지 낀 채 물 위에 떠 있는 한 남자를 바라본다. 이젠 내가 그것들을 바라보는 것이 아니라, 그것들이 나를 바라본다.

만남의 장소

나의 두 손으로
과거와 미래로부터
두 개의 돌멩이를 집어 들어
그것들을 쥐고 달리지.
가장 가벼운 산들바람에도 나는 날아올라,
더 큰 바람을 불러오지, 이리 오라고
그리고 모든 흔적을 지워 버린 후
그리고 나는 고아처럼
길가에 앉아, 애도하지
나의 두 돌멩이를.

최근에 이라크 시인 압둘카림 카시드Abdulkareem Kasid의 시를 읽기 시작했다. 그의 시를 읽고 또 읽는다. 그의 목소리는 매우 인상적이고, 오늘날의 세계에서 벌어지고 있는 일들과 아주 관련이 많다.

나는 그의 시를 영어로 읽는다. 시인 자신과 그의 딸, 그리고 친구 한 명이 아랍어에서 영어로 번역을 했다.

이 고양이―
녀석은 엿들을까
나의 수다를?

그는 1946년 바스라에서 태어났다. 현재 그는 런던에 살고 있다.

그의 목소리, 그가 만들어내는 이야기, 그가 질문을 하는 방식은, 나로 하여금 사막에 있는 게 어떤 경험일지 생각하게 한다. 사막에는 모래와 하늘 사이의 공간이 무한해 보이는 곳들도 있고, 그 둘 사이에 공간이 전혀 없어 하늘과 땅이 하나가 되어 버린 것처럼 보이는 곳들도 있다. 하지만 그런 곳들을 걸어서 지날 때면, 똑바로 선 몸으로 느끼는 공기의 질감은 두 곳 모두 같다. 카시드의 단어들이 읽는 이의 상상 속에서 가지는 질감이 그렇다.

시들 하나하나는 오도 가도 못하게 된 상황을 묘사하고 있지만, 각각의 시에서 독자들은 과거와 미래가 현존하고 있음을 감지한다.

오늘날 사건들―테러리즘, 이민이나 경제의 불안정성 등―에 대한 분석이나 논평은 대부분 지극히 최근의 상황에 대해서만 설명한다. 이십세기의 마지막 십 년, 즉 1990년대를 지나며 세계는 근본적으로 달라져 버렸다.

그 시기에 대리인들, 로비스트들, 다국적 투기 자본이 지구촌의 갈 길을 정하는 최고 결정권자가 되었다. 그게 '세계화'다.

신자유주의의 독단은 전통적인 정치학을 쓸모없게 만들어 버렸다. 의회 정치인들은 무력해졌고, 그들이 할 수 있는 것이라고는 말뿐이다. 미디어도 똑같이 공허하고 텅 빈 언어를 이어받았다. 유럽, 국제적 연대, 독립 같은 용어는 쓸모없고, 내용도 없는 것이 되어 버렸다. 국제적인 뉴스를 전할 때 약어들을 남발하는 것 역시, 이 내용 없음을 향한 큰 흐름을 반영하는 것이다.

이제 세상을 굴러가게 하는 것은 눈앞에 닥친 다음 차례의 습득뿐이다. 다음 거래, 다음 융자, 소비자들의 경우에는 다음 구매.

역사에 대한 어떤 감각, 과거와 미래를 잇는 그 감각은 완전히 말살되었거나 있더라도 주변화되었다. 그 결과 사람들은 일종의 역사적 외로움으로 고통스러워하고 있다. 프랑스어에는 길거리에서 사는 사람들을 일컫는 S.D.F Sans Domicile Fixe ('일정한 주거지가 없는'이라는 뜻—옮긴이)라는 단어가 있다. 우리는 역사적 S.D.F가 될지도 모른다는 끊임없는 압박 아래 살고 있다. 죽은 자나 아직 태어나지 않은 자를 받아들이는 인정된 의식이 이제 더 이상 없다. 매일매일의 삶은 있지만 그걸 둘러싸고 있는 건 공백이고, 그 공백 안에서 수백만 명의 우리는 오늘 홀로 있다. 그리고 그런 고독은 죽음을 벗 삼을 수도 있다.

카시드와 그가 속해 있는 시적 전통은 과거를 향수 어린 눈으로 바라보지 않는다. 마찬가지로 미래에 대해서도 이상향을 보듯 바라보지 않는다. 카시드는 역사를 — 마치 만남의 장소라도 되는 것처럼— 드나든다. 그건 어떤 주장을 증명하기 위해서가 아니라, 함께할 이를 찾기 위해서다.

　멀리 있는 카페 —
　지금 나무처럼 보이네
　가지와 잎으로 지붕을 삼고
　의자들은 그 목재로 만들었지.
　그곳을 찾는 이들은 거기 앉는 걸 좋아하지
　가볍게, 그 가지 위에.

라 라라라 라라라 라

개를 해안에 데리고 오는 걸 엄격히 금지한다는 안내판이 해변 산책길을 따라 늘어서 있다. 10월 초, 해수욕객은 없다. 하지만 사람들은 모래밭을 따라 산책을 하고, 몇몇은 일광욕을 한다. 그런 사람들 중 절반 이상은 개와 함께 왔다. 여기는 이탈리아다.

그 해안은 포 강의 삼각주에 있는 어촌 코마키오 외곽에 있다. 북쪽으로 육십 킬로미터를 가면 베니스가 있고, 남쪽으로 삼십 킬로미터 떨어진 곳은 라벤나다.

어디를 돌아봐도 물이 보인다. 바다의 소금물과 거대한 강하구의 민물. 반은 섬이고 반은 석호인 이곳은 어느 대륙에도 속하지 않은 것처럼 보인다. 여기선 모두가 ─남자, 여자, 어린이 할 것 없이─ 배를 다룰 줄 안다.

도심에는 도로만큼이나 많은 운하가 있다. 이곳의 경제는 어업, 특히 장어에 의존하고 있다. 장어잡이, 장어 손질, 장어 훈제, 그리고 별미로서의 장어 수출까지.

마을의 모든 산업은 물과 관련이 있고, 이러한 고립이 어쩌면 주민들의 체형까지 설명해 준다. 코마키오의 성인 남녀의 체형은 근처 다른 도시의 사람들과 눈에 띄게 다르다. 몸이 작고 단단하며, 어깨가 넓고, 햇볕에 그을렸고, 손이 크다. 몸을 숙이는 것에 익숙하고, 밧줄을 잡아당기거나 물을 퍼내는 동작에 익숙하고, 기다리는 일에 익숙하고, 인내심이 많다. 그들은 두 발로 땅을 딛고 서 있다기보다는 두 발로 물을 딛고 섰다고 할 수 있을 것이다.

매년 10월 첫번째 주에 마을에선 사그라 델란길라Sagra dell'Anguilla(장어축제)가 열린다. 자갈길이 깔린 중심가는 각지에서 몰려온 노점상으로 가득하다. 장신구, 반지, 조개껍데기, 치즈, 성모상, 살라미, 인형 따위를 싼값에 파는 그곳에는 작은 즐거움이 있다. 주민들은 느릿느릿 구경을 하고, 장신구를 만지작거리며 작은 즐거움을 맛보다가 가끔은 동전 몇 닢을 꺼내기도 한다. 자리를 잡고 앉아 음식을 먹을 수 있는 벤치나 철제 테이블도 있다. 음식을 굽는 냄새가 난다. 양파, 가지, 고추, 그리고 당연히 장어도.

갓 잡은 장어는 수은 같은 은색이다. 몸길이는 사십 센티미터 정노이고 보통은 열 살 이상 된 녀석들이다. 더 어리고 작은 녀석들은 노란색을 띤다. 그보다 더 어린, 갓 태어난 치어들은 몸이 투명하고, 올챙이보다 작다. 치어들은 멕시코 건너편 사르가소 해의 깊은 바다에서 부화한다. 그런 다음 멕시코 만류를 타고 대서양을 건너 포 강 어귀에 도착하기까지 삼사 년이 걸린다.

거기서 장어들은 소금물에서 민물로 옮겨 오고, 코마키오의 습지에 정착하여 몸집을 키운다. 그렇게 몇 년이 지나고 가을이 되면 자신들이 태어났던 바다로 돌아가 알을 낳으려는 본능이 깨어난다. 알을 낳고 나면 장어들은 사르가소 해의 해초들 사이에서 숨을 거둔다. 갓 태어난, 몸이 투명한 치어들은 홀로 대양을 다시 건너온다.

완전히 자란 장어가 코마키오의 습지를 떠나는 가을이 장어잡이의 제철이다. 다시 바닷물에 접어들기 직전 어부들이 교묘하게 쳐 놓은 덫에 자신들도 모르게 걸려든다. 이 덫을 현지 사람들은 '라보리에로lavoriero'라고 부른다.

축제가 있는 오후에는 축제 관계자나 물건을 파는 사람들을 제외하고는 아무도 일하지 않는다. 정박장에 묶어둔 배들도 움직이지 않는다.

코마키오의 구월 광장에서는 중세 시대의 종탑 옆에 민속악단이 자리를 잡는다. 타악기와 바이올린, 더블 베이스, 플루트, 그리고 남자 가수가 등장한다. 남자 셋과 여자 둘이 각자 필요한 전선이나 마이크, 악기, 조명, 보면대 등을 들고 서 있다. 모두 같은 타탄 천으로 만든 바지나 치마 차림이고, 맨다리와 맨팔을 내놓고 있다. 덥다.

남자 가수인 미셸이 다른 연주자들을 돌아보며 뭔가를 속삭인 후 기타를 들고 기준이 되는 음을 퉁긴다. 릴리아가 플루트로 그 음을 다시 한 번 들려준다. 그 소리는 약속으로 가득해서, 듣는 이는 이상주의자였던 플라톤이 자신의 도시국가에서 모든 악기들을 없애 버린 이유를 즉각 알아차릴 수 있다. 미셸이 단어를 또박또박 발음하며 노래를 하고, 단어와 단어 사이에 몸을 흔든다.

지나가던 사람들 몇몇이 걸음을 멈추고 귀를 기울인다. 점점 더 많은 사람들이 모여든다. 여덟 살 된 여자 아이와 네 살 된 남자 아이가 연주자와 관객들 사이 자갈길에서 춤을 춘다. 아마 연주자들 중 누군가의 아이들일 것이다.

음악을 듣는 사람들이 반원을 이루고, 미셸의 손동작을 따라 박수를 치며 박자를 맞추고, 리듬에 맞춰 몸을 흔든다.

라이아는 마치 기지개를 켠 아이에게 젖을 물릴 때처럼 고개를 앞으로 숙인 채 광장을 돌며 바이올린을 연주한다. 그녀가 주는 건 젖이 아니라 음악이다. 그녀가 활을 켜며 내주는 그 음악을, 수백 명의 사람들이 콧노래를 부르고 발을 구르며 따라 한다.

그들은 악기를 지니고 있지 않지만, 그들이 흉내내는 음악, 즉흥적으로 만들어내는 동작들은 그들의 감각, 낮이 끝나가고 저녁이 시작되는 그 순간에 자신들이 살아 있다는 확신이다.

장어의 치어들은 어떻게 바다 밑을 가로질러 포 강 어귀에 이르는 길을 찾아올 수 있는 걸까. 치어들이 뭔가를 기억하고 있는 거라면, 그건 자신들이 태어나기도 전에 있었던 일이다.

그들은 무엇을 따라 움직이는 걸까.

코마키오의 구월 광장에서 즉흥적으로 연주되는 음악은 어떻게 개별석이고 다양한 수백 개의 마음에 똑같은 확신을 심어 줄 수 있는 걸까. 그 음악은 자신의 깊은 곳 어디에 귀를 기울이는 걸까.

최근에 세자리아 에보라Cesaria Evora의 사망 소식을 들었다. 오십 세가 되기 전에 이미 전 세계적인 사랑을 받았던 디바. 그녀는 서부아프리카의 포르투갈 식민지 언어로 노래를 불렀는데, 카보 베르데 출신이 아닌 사람들은 전혀 알아들을 수 없었다. 그녀는 타협을 모르고 완고한, 늘 하던 것만 반복하는 사람이었다. 그녀의 목소리는 뱃사람들이 모인 술집에서 자신의 운을 시험해 보는 소녀의 목소리, 노래를 부른 후에는 몸이 아픈 어머니가 기다리고 있는 집으로 돌아가야 하는 소녀의 목소리였다. "누구에게나 기회는 찾아오는 거지요"라고 그녀는 언젠가 말했다.

전 세계를 돌며 공연을 할 때 ―여기서는 반드시 현재형을 써야만 한다― 그녀는 어마어마한 공연장을 가득 채웠지만, 전혀 이국적이지는 않았다. 그녀는 가난했다. 그녀의 얼굴은 가슴처럼 둥글궁글했다. 그녀는 미소를 자주 지었는데, 그 미소는 비극을 받아들인 사람의 미소였다. 부자들도 그녀의 노래에 귀 기울였고, 가난한 이들은 노래에 매달려, 자신들의 것으로 만들었다. 삶에는 쓴맛과 단맛이 섞여 있는 거라고 그녀는 말했다. 그녀는 우리에게 우리 자신의 이해 불가능한 삶을 노래해 준다.

코마키오의 구월 광장에서 연주가 끝나고, 이제 침묵은 이전과 다르다. 지금은 무언가를 기다리는 침묵이다. 연주자들은 뭔가를 상의하며 숨을 고르고 있다. 코마키오의 군중들은 거기 느긋하게 선 채로 마치 침묵이 벽이라도 되는 것처럼 기대고 서 있다. 지나가던 사람들 중 몇몇이 합류한다. 일부는 악수를 나누고, 어깨를 툭 치며 인사한다.

그렇게 모두 기다린다. 바닥이 평평한 자신들의 배에 올라 바다를 향해 밀어내기 전에 파도를 기다리듯이.

그들이 기다리는 동안, 나는 남쪽으로 삼십 킬로미터를 내려가 라벤나 외곽의 클라세에 있는 성 아폴리나레 성당에 가 보고 싶어진다. 그곳에서 육세기에 지어진 제단 뒤쪽 반원형 지붕의 모자이크화를 여러분에게 보여 주고 싶다. 가리비 껍데기처럼 생긴 그 천정은 지름이 십 미터쯤 되고, 지금 구월 광장에서 연주단이 차지하고 있는 딱 그만큼의 공간을 차지하고 있다.

모자이크화는 지상과 천국의 모습을 보여 준다. 나무와 새와 풀과 돌과 양들도 있다. 꼭대기에 있는 하나님의 활짝 편 손은 조약돌 하나만 한 크기다. 한가운데에 있는 그리스도의 머리도 그렇게 펼친 하나님의 손보다 크지 않다. 주된 색조는 녹색과 흰색, 황금색, 그리고 옥색이다. 작품의 주제는 명목적으로는 갈릴리의 타보르 산에서 보여 준 그리스도의 변신이지만, 모자이크가 실제로 보여 주는 것은 공간의 변화다. 그 그림에서 우리가 보는 대상은 모두 ─ 그것이 꽃이든, 양이든, 풀 한 포기든, 조약돌 하나든─ 작품의 중심에 자리잡고 있다. 그 풍경 속에선 어떤 것도 주변에 있지 않다.

그 아치형 모자이크가 공간과 관련해서 불러일으키는 느낌은 영원함이 시간과 관련해서 불러일으키는 감정과 비슷하다. 그것은 공간을 담고 있으면서 동시에 그것을 소멸시킨다. 거기서 거리는 대상들을 분리시키지 않고, 하나로 모은다.

그 작품은 어떻게 그런 변모를 성취할 수 있게 된 걸까. 비밀은 모자이크에 쓰인 조각들과 빛의 작용 때문이다. 유리, 대리석, 혹은 광물로 된 작은 사각형들이 함께 놓이면서 특별한 시각적 에너지를 발산한다. 어떻게 그렇게 할 수 있는 걸까.

모자이크에 쓰인 조각들은 같은 색이라도 색조가 조금씩 다르다. 똑같은 조각은 하나도 없다. 그 조각들을 모르타르에 붙인(십사세기 전의 일이다) 각도도 부분마다 다르다. 따라서 그 조각들이 반사하는 빛은 어느 부분에서는 밝고, 어느 부분에서는 어둡다. 이는 자연에서 흐르는 물 위에 빛이 비칠 때 일어나는 현상과 같다. 그리고 마지막으로 모자이크 조각들을 붙여나간 선—곡선의 지붕을 따라 이어지는 조각들의 행렬—은 직선이 아니라 구불구불하다. 그 선은 마치 장어처럼 나아간다.

고개를 들고 모자이크화 전체를 보면 보이는 거라고는 모두 미동도 없이 차분하지만, 그와 동시에 그 작품은 끊임없이 회전하는 무언가의 일부인 것 같기도 하다.

바로 그런 이유로 당신이 작품을 바라보고 있는 동안에는 각각의 대상들—각각의 나무와 풀과 양과 조약돌과 예언자—이 작품의 어느 부분에 어떤 크기로 있든 상관없이 자신을 둘러싼 것들의 중심이 된다.

구월 광장에서 그들이 고른 다음 곡은 「어부Il Pescatore」다. 1970년대에 파브리치오 데 안드레Fabrizio De André가 작곡하고 직접 부른 노래다. 그로부터 두 세대가 지나는 동안 이탈리아 전역의 모든 아이들이 그 노래를 흥얼거리고 불렀다.

노래는 해변에서 잠이 든 늙은 어부에 관한 이야기다. 노인의 얼굴이 미소로 주름진다. 다른 남자—도피 중이다—가 나타난다. 도피 중인 남자는 허기를 채울 빵과 갈증을 달랠 포도주를 구걸한다. 어부는 조금도 망설이지 않고 음식을 내준다. 남자가 떠나고, 두 명의 말 탄 경관이 나타나 어부에게 아무도 보지 못했냐고 묻는다. 어부는 지는 해를 바라보며 아무 말도 하지 않는다.

가사는 쓸쓸하고, 곡조와 가수의 목소리와 리듬은 확신에 가득 차 있고 활기가 넘친다. 두 소절이 끝날 때마다 후렴구가 나온다. 라 라라라 라라라 라….

미셸이 손을 뻗자 수백 명의 구경꾼들이 후렴구를 함께 부른다. 중세에 세운 군중들 뒤의 벽, 사람들의 어깨와 머리 사이로 보이는 그 벽이 후렴구가 끝날 때까지 황금빛으로 빛난다. 노래가 끝나면 벽은 다시 돌로 변한다.

노래에 관한 몇 개의 노트
야스민 함단을 위하여

지난주 당신의 공연을 지켜보고 귀를 기울일 때, 야스민, 당신을 그려 보고 싶은 충동이 일어났습니다. 말이 안 되는 충동이었지요, 너무 어두웠으니까요. 내 무릎에 놓인 스케치북도 보이지 않는 상황이었습니다. 이따금 스케치북을 보지 않고, 당신에게서 눈을 떼지 않은 채 끼적이기는 했지요.

그 끼적임에는 리듬이 있습니다. 마치 나의 펜이 당신의 목소리와 함께 움직이는 것 같았어요. 하지만 펜이 하모니카나 타악기는 아닌 까닭에, 지금 침묵 속에서 다시 보니 그 끼적임에는 아무 의미도 없네요.

당신은 빨간색 하이힐과 검은색 레깅스, 반쯤 투명하고 어깨에 패드가 들어간 짙은 갈색의 티셔츠, 그리고 오렌지 색, 아니 살구 색 숄을 두른 차림이었죠. 당신은 아주 가볍고, 건조하고, 희박한 어떤 존재 같았습니다. 늘 무언가를 궁금해 하는 사람 같았어요.

노래를 시작하니 당신은 달라지더군요. 당신의 온몸이 더 이
상 건조하지 않고, 소리로 가득 찼습니다. 마치 액체를 가득 넘
치게 부어 버린 병 같았죠.

당신은 아랍어로 노래했습니다. 내가 알아들을 수 없는 언어
지만, 그럼에도 나는 노래 한 곡 한 곡을 부분적으로가 아니라
하나의 총체적 경험으로 받아들였습니다. 이걸 어떻게 설명할
수 있을까요. 노래에서 가사는 중요한 것이 아니라는 설명은
너무 진부합니다. 가사는 노래가 자라나는 씨앗 같은 거니까
요.

나는 다른 수백 명의 사람들과 똑같이 당신의 노래를 한 곡 한 곡 받아들였습니다. 그 사람들 중에도 아랍어를 하는 사람은 극소수에 불과했죠. 우리는 당신이 노래로 전하는 것을 당신과 함께 나눌 수 있었습니다. 이걸 어떻게 설명할 수 있을까요. 잘할 수 있을지 모르겠지만, 몇 개의 노트를 남겨 보고 싶었습니다.

한 곡의 노래는, 불리거나 연주될 때 하나의 몸을 얻는다. 실재하는 몸을 취하여 그 몸을 순간적으로나마 소유함으로써 그렇게 하는 것이다. 더블베이스의 몸체는 줄이 튕겨지는 동안 꼿꼿이 서 있고, 두 손에 쥐어진 하모니카의 몸체는 한 마리 새처럼 연주자의 입 앞에서 맴돌거나 그 입에 가서 닿는다. 드럼을 치는 드러머의 상체도 마찬가지다. 그리고 노래는 반복해서 가수의 몸을 취한다. 그리고 얼마 후 음악에 귀를 기울이는 청중들의 몸은, 그 노래를 듣고 몸짓으로 따르는 동안 무언가를 기억하고 예측한다.

실재하는 몸을 취하지 않는 노래는 시간과 공간 속에 고정되어 있지 않다. 노래는 과거의 경험을 전한다. 하지만 그것이 불리고 있는 동안 노래는 현재를 채운다. 이야기도 같은 작용을 한다. 하지만 노래에는 노래만의 또 다른 차원이 있다. 노래는 현재를 채우는 동시에 미래의 어딘가에 있는 청자의 귀에 닿기를 희망한다. 노래는 앞으로 다가간다. 이런 끈질긴 희망이 없다면 노래는 존재할 수 없는 거라고 나는 믿는다. 노래는 앞으로 다가간다.

빠르기, 박자, 반복음, 그렇게 반복되는 음악은 선적線的인 시간의 흐름에서 벗어난 안식처를 구축한다. 그 안에서 미래와 현재, 그리고 과거가 서로를 위로하고, 자극하고, 비꼬기도 하고, 영감을 주기도 하는 그런 안식처 말이다.

이 순간 전 세계에서 들려지고 있는 노래는 대부분 녹음된 것들로, 실황 공연이 아니다. 그러니까 무언가를 공유하고 한 자리에 모이는 신체적 경험이 아주 강렬하지는 않다는 의미다. 하지만 그럼에도 음악을 들을 때 일어나는 어떤 교환과 의사소통에는 그 신체적 경험이 포함되어 있다.

> 안녕, 블루스,
> 블루스, 어떻게 지내니?
> 어떻게 지내?
> 안녕, 블루스,
> 블루스, 어떻게 지내니?
> 말해 봐. 나는 방금 왔잖아.
> 너랑 몇 마디 나누기 위해서.
> ― 베시 스미스

어머니가 부르시던 노래 중에 가장 기억나는 곡은 「셰넌도어」다. 어머니는 저녁 식사가 끝나면 손님이 있거나 혹은 그저 가족들이 말없이 포만감에 빠져 있는 순간에 종종 노래를 부르곤 하셨다. 어머니의 목소리는 부드러운 알토였고, 듣기 좋았지만 한 번도 극적이지는 않았다. 「셰넌도어」는 아버지의 노래

책에 있던 곡으로, 십구세기 중반에 만들어진 노래다. 셰넌도어 계곡은 미국 중부의 인디언 정착지에 있다.

오 셰넌도어
얼마나 보고 싶었는지
멀리, 너는 흘러가는 강물
오 셰넌도어
얼마나 보고 싶었는지
멀리, 나는 달려가지
거친 미주리 강을 건너.

셰넌도어는 아메리칸 원주민 족장의 이름이자, 미주리 강의 지류 이름이다. 미주리 강은 다시 미시시피 강과 합류한다. 미주리 강은 노예제도가 합법이었던 미국 남부와 북부의 경계가 되기 때문에 이 노래는 흑인들이 자주 불렀고, 사공이나 뱃사람들도 즐겨 불렀다. 미주리 강 저지대는 당시 선박의 왕래가 잦은 지역이었다.

내가 아직 한두 살이었을 무렵 어머니가 그 노래를 불러 주셨다. 자주는 아니었고, 딱히 어떤 의식에 따른 것도 아니었으며, 나와 단 둘이 있을 때 그 노래를 부르셨던 일도 없었던 것 같다. 하지만 노래는 거기 있었다. 특별한 경우에만 꺼내는 어떤 물건들, 어딘가 낯설지만 있다는 것을 분명히 의식하고 있는 물건들 ―이를테면 옷장 안의 어떤 셔츠처럼― 중의 하나였다.

칠 년 만에
너를 만나서
흘러가는 너의 소리를 듣는구나.
칠 년 만에
너를 만나서
멀리, 우리는 달려가지.
거친 미주리 강을 건너

   모든 노래에는 거리가 있다. 노래는 멀리 있는 것이 아니지만, 거리는 노래의 한 구성요소가 된다. 마치 시각 이미지에서 대상의 현존이 그 구성요소가 되는 것처럼. 노래가 처음 시작될 때부터, 혹은 이미지가 처음 시작될 때부터 이는 사실이었다.
   모든 노래는 여행을 이야기한다.

이곳이 캐릭퍼거스라면 좋겠네요
단 몇 밤이라도 발리그랜트에서 보낼 수 있다면
가장 깊은 바다라도 헤엄쳐 건너겠어요.
가장 깊은 바다라도, 당신 곁에 있을 수 있다면

   노래는 어떤 일의 여파나 돌아옴에 대해, 누군가를 맞이하는 일과 작별에 대해 이야기한다. 다른 식으로 말하자면 노래는 어떤 부재 앞에서 불려진다. 부재가 노래에 영감을 주고, 그 부재에 대해 노래는 이야기한다. 동시에(여기서 '동시에'라는 표현은 특별한 의미를 지닌다) 노래를 공유하면서 그 부재도 공유되고, 덕분에 그것은 덜 아프고, 덜 외롭고, 덜 고요한 것이 된다. 노래를 공유하는 동안, 혹은 그렇게 노래했던 기억을 떠올리는 것만으로도 원래의 부재는 '줄어들고', 그건 뭔가 승리와 비슷한 경험이 된다. 종종 차분한 승리이고, 또 가끔은 잘 드러나지 않는 승리다.

조니 캐시Johnny Cash가 이런 말을 했다. "노래라는 따뜻한 고치로 나를 감싸면 어디든 갈 수 있습니다. 그러고 나면 어떤 것도 나를 물리칠 수 없죠."

플라멩코를 추는 사람들은 '엘 두엔데el duende'에 대해 이야기한다. 두엔데는 어떤 질質, 공연을 잊을 수 없는 것으로 만들어주는 울림이다. 그것은 공연자가 자신의 바깥에서 오는 힘이나 일련의 충동에 사로잡히고, 그 영향력 안에서 움직일 때 나오는 것이다. 두엔데는 과거에서 온 유령이다. 유령은 현재에 찾아와 미래에 대해 이야기하기 때문에 잊히지 않는다.

1933년, 스페인 시인 가르시아 로르카Garcia Lorca는 부에노스아이레스의 대중 강연에서 엘 두엔데의 특징에 대해 이야기했다. 그로부터 삼 년 후 스페인 내전이 발발하고, 그는 고향인 그레나다에서 체포되었고, 아마도 프랑코 장군의 과르디아 시민군에 맞서다 살해되었다.

그는 강연에서 이렇게 말했다. "모든 예술은 두엔데를 할 수 있습니다. 하지만 음악이나 무용, 혹은 시 낭송회처럼 예술이 자연스럽고 폭넓게 전달되는 곳에서는, 그것을 해석하는 살아 있는 몸이 필요합니다. 그런 예술들은 영원히 새로 태어났다 사라져 가는 형식을 지니고 있기 때문이며, 또한 지금 눈앞의 현재에만 그 윤곽을 드러내기 때문입니다. 엘 두엔데는 모래 위에 부는 바람처럼 무용수의 몸에 작용합니다. 그것은 마법처럼 평범한 소녀를 황홀경에 빠진 여인으로 만들고, 술집 앞에서 구호품을 구걸하는 상심한 노인의 볼에 소년 같은 생기가 떠오르게 하고, 여인의 머리칼에 한밤의 항구 냄새를 심어 줍니다. 매순간마다 엘 두엔데에 사로잡힌 공인사의 손짓은, 모든 시대 모든 춤의 모태가 된 그 동작입니다."

내가 글을 쓰는 탁자 위에는 늘 종이들이 너무 많다. 며칠 전 종이 뭉치에서 스페인에 사는 친구가 몇 달 전에 보내 준 엽서를 발견했다. 무용수 사진으로 유명한 스페인 사진작가 타토 올리바스Tato Olivas가 찍은 플라멩코 무용수의 흑백사진이 인쇄된 엽서였다.

그 사진을 마주쳤을 때 내 기억 속의 뭔가가 깨어나는 느낌이 들었다. 엽서를 처음 봤을 때는 느끼지 못했던 느낌이었다. 잠시 기다렸다. 그러자 기억이 분명해졌다.

이제 막 춤을 시작하려는 젊은 여인의 모습은 내가 그린 붓꽃 그림을 떠올리게 했다. 몇 해 전에 그린 연작 드로잉들 중 하나였다. 그 그림을 꺼내서 두 이미지를 비교해 보았다.

과연 기하학적 측면에서 무용수의 집중하고 있는 몸과 막 피어나려는 꽃 사이에 공통점이, 등가물이라 할 만한 것이 있었

다. 물론 구체적인 모습은 다르지만, 두 대상이 지닌 에너지와 두 이미지를 통해 표현된 형태와 동작, 그리고 움직임이 비슷했다.

두 이미지를 스캔한 다음 두 쪽 그림처럼 만들어서 편지와 함께 타토 올리바스에게 보내 주었다.

그는 답장에서 그 사진은 이십 년 전 마드리드의 유명한 플라멩코 학원 아모르 데 디오스에서 찍은 거라고 알려 주었다. 지금 그 학원은 문을 닫았고, 사진 속의 무용수를 다시 만난 적은 없으며, 이름도 모른다고 했다.

그는 두 이미지의 '우연의 일치'를 보고 나서 붓꽃 드로잉과 더 닮은 다른 사진이 떠올랐다고 덧붙였다. 전설적인 무용수

사라 바라스Sara Baras의 젊은 시절 사진이었다. 올리바스가 보내 준 인화된 사진을 본 나는 내 눈을 믿을 수가 없었다.

　한쪽은 여인이고 다른 쪽은 식물이라는 점만 제외하면 무용수와 붓꽃은 쌍둥이 같았다. 두 이미지를 본 사람은 사진가든 화가든 어느 한쪽이 다른 이미지를 보고 자신의 이미지를 '맞추려고' 꽤 노력을 기울였을 거라고 생각할 것이다. 하지만 그건 사실이 아니다. 지금까지 두 이미지가 나란히 함께 제시된 적은 한 번도 없었다.

　두 이미지 사이의 유사성은 내재적인 것이다. 거의 유전적이라고도 할 수 있을 것 같다.(물론 이 용어의 일반적 의미에서 보자면 이는 불가능한 일이지만) 플라멩코 무용수의 에너지와 이제 막 피어나려는 꽃의 에너지는, 그럼에도 동일한 역학 법칙

을 따르는 것처럼 보이고, 둘의 시간 단위가 아주 다름에도 불구하고 동일한 박동을 지닌 것처럼 보인다. 진화의 관점에서 보면 둘은 무한할 만큼 멀리 떨어져 있지만, 리듬의 관점에서는 함께 움직이고 있다.

'모든 시대, 모든 춤의 모태가 된 그 동작.'

안토넬로 다 메시나Antonello da Messina가 1470년대에 그린 〈수태고지〉가 있다. 유화로 그린 작은 작품인데 화장실 세면대 위의 거울만 하다. 이 작품엔 천사도 없고, 가브리엘도 없으며, 올리브 나뭇가지나 백합, 비둘기도 없다. 작품에 보이는 건 파란 가운으로 머리를 가린 성 처녀 마리아의 머리와 어깨뿐이다. 그녀 앞에 놓인 탁자에는 시편, 혹은 기도서로 보이는 책이 펼쳐져 있다. 그녀는 막 자신이 신의 아들을 낳게 된다는 계시를 전해 들은 참이다. 그녀는 놀란 듯 눈을 크게 뜨고 있지만, 그 시선은 자신의 내면을 향하고 있다. 입술도 살짝 벌어져 있는데, 어쩌면 노래를 부르고 있는 건지도 모른다. 두 손은 무언가를 찾으려는 듯, 가볍게 자신의 가슴을 누르고 있다. 마치 그 손가락으로 자신의 내부를, 어떤 신호를 들은 자신의 속을 만져 보고 싶어하는 것만 같다.

한 곡의 노래가 불리어지는 동안, 자신만의 몸을 얻기 위해 현존하는 물리적인 몸을 빌리는 과정은 앞에서 살펴보았다. 그때 빌리는 몸은 악기의 몸일 수도 있고, 한 명 혹은 여러 명의 연주자의 몸일 수도 있고, 한 무리의 듣는 이들의 몸일 수도 있다. 노래는 예상치 못한 방식으로 하나의 몸에서 다른 몸으로 옮겨

간다. 안토넬로의 작품이 우리에게 일깨워 주는 것은 매번 불리어질 때마다 노래는 그것이 빌려 온 몸 **안에** 자리잡는다는 점이다. 노래는 몸의 내부에 자리잡는다. 북의 울림통 안에, 바이올린의 울림통 안에, 가수나 듣는 이의 가슴 혹은 복부에.

노래의 본질은 목소리나 뇌가 아니라 내장 기관에 있다. 우리가 노래를 듣는 것은 그 안에 담기기 위해서다. 바로 그 점이 노래가 우리에게 제공하는 것이 다른 어떤 메시지나 의사소통 형태가 제공하는 것과 다른 이유다. 우리는 메시지 안에서 우리를 발견한다. 불리지 않은 비인격적인 세계는 바깥에, 태반의 이면에 남는다. 모든 노래는 그 내용이나 연주가 매우 남성적인 경우에도 모성적으로 작용한다.

아래 드로잉은 내가 안토넬로 다 메시나의 작품 중 손만 그린 것이다.

노래는 이어 주고, 수집하고, 한 데 모은다. 심지어 불리지 않

을 때도 노래는 늘 곁에 있는 어떤 모임의 장소가 된다.

　노래의 가사에 쓰이는 단어들은 산문의 단어들과는 다르다. 산문에서 단어들은 각각 독립된 매개물이다. 노래에서 단어들은 우선, 그리고 그 무엇보다도 그들이 속한 모국어에 내재한 소리들이다. 단어들은 각자 담고 있는 의미를 전달하지만, 동시에 각각의 단어들은 모국어에 존재하는 모든 단어들에 말을 걸고, 그것들을 향해 흘러간다.

　노래는 강과 같아서 한 곡 한 곡이 자신만의 길을 따라 흘러간다. 하지만 모든 노래는 그렇게 흘러 결국 바다에 이른다. 모든 것이 나오는 그 바다에. 강의 입에서 흘러나온 물은 무한한

어딘가를 향해 길을 나선다. 노래를 부르는 입에서 흘러나온 무언가에도 이와 유사한 일이 발생한다.

　삶에서 우리에게 일어나는 많은 일들에는 이름이 없는데, 이는 우리의 어휘가 가난하기 때문이다. 이야기들을 큰 소리로 전하는 것은, 이야기꾼이 그렇게 이야기를 전하는 행위를 통해 이름 없는 어떤 사건을 익숙하고 친숙한 것으로 바꾸기를 바라기 때문이다.

　우리는 친밀함을 가까움과 연관시키는 경향이 있고, 또한 가까움은 함께 나누었던 경험의 양과 연관시키곤 한다. 하지만 현실에서는 완전히 낯선 사람들이 서로 단 한 마디도 나누지 않은 상태에서도 친밀함을 공유할 수 있다. 주고받는 눈빛에 담긴 친밀함, 끄덕이는 고개, 미소, 어깨를 으쓱하는 행동에 담긴 친밀함. 몇 분 동안 노래 한 곡이 불리고, 거기에 함께 귀를 기울이는 시간 동안 지속되는 가까움. 삶에 대한 어떤 합의. 아무런 조건도 없는 합의. 노래 주위에서 말해지지 않은 이야기들 사이에 자발적으로 공유되는 어떤 결론.

　저녁 여덟시 파리 교외로 향하는 지하철 안. 빈자리는 없지만 서 있는 사람들도 그렇게 복잡하지는 않다. 지하철 차량의 오른쪽에 있는 출입문 앞에 이십대 중반의 남자 네 명이 무리지어 서 있다. 그쪽 출입문은 기차가 현재 방향으로 움직이는 동안은 열릴 일이 없다.

　무리 중 한 명은 흑인이고, 둘은 백인, 나머지 한 명은 북아프리카인으로 보인다. 나는 그들로부터 꽤 떨어진 곳에 서 있다. 맨 처음 나의 주의를 끈 것은 그들이 주변에 대해 무관심하다는 점, 그리고 그들이 아주 열심히 자신들의 이야기에 빠져 있다는 점이다.

활기와 남성미가 넘치는 넷은 간소하지만 꽤 신경 써서 챙겨 입은 옷차림이다. 그들에겐 외모가 또래 남자들 평균 이상으로 중요한 것 같다. 그들은 아주 집중하고 있고 어떤 눈치도 보지 않는다. 북아프리카인은 파란색의 헐렁한 반바지 차림에 티끌 한 점 없는 나이키 운동화를 신었다. 흑인은 옅은 갈색 땋은 머리를 하고 있다. 네 명 모두 활기와 남성미가 넘친다.

기차가 정차하고 승객 몇 명이 내린다. 나는 네 남자에 조금 가까이 다가갈 수 있다.

네 명은 다른 친구들의 말에 자주 끼어든다. 혼잣말은 없지만, 마찬가지로 다른 이의 말을 끊는 일도 없다. 부지런한 그들의 손가락은 자주 얼굴 근처에서 움직인다.

갑자기 그들이 전혀 듣지 못하는 청각장애인일지도 모른다는 생각이 든다. 그때까지는 그들의 말이 너무 유창해서 그 사실을 깨닫지 못했다.

다른 역에 정차한다. 네 청년은 함께 자리에 앉는다. 그들은 여전히 차량 안에 자신들밖에 없다는 듯이 행동한다. 하지만 나머지 승객들을 무시하는 그들의 태도는 무심하다기보다는 뭔가 전략적이고 예의바르다.

가끔 넷 중 한 명이 '킥킥' 웃음을 터뜨린다. 그들의 이야기, 이런저런 일에 대한 의견도 계속 이어진다. 이제 나도 그들이 서로에게 보이는 관심에 버금가는 관심을 가지고 그들을 지켜본다.

네 남자는 입으로 말하는 단어들을 대신하는 공통의 몸짓을 공유하고 있다. 그들의 어휘에는 고유의 구조와 문법이 있는데, 대부분은 동작을 하는 시간차와 관련이 있다. 그들의 몸짓 신호는 손과 얼굴, 그리고 몸으로 이루어진다. 손과 얼굴, 몸이 소리를 내고 그 소리와 관련된 두 기관인 혀와 귀를 대체한다. 어디서든 대화가 지속되기 위해서는 두 기관이 똑같이 중요하다. 하지만 전체 차량 안에서, 아니 전체 기차 안에서 그들의 대화에 비견할 만한 대화는 없다.

네 남자가 대화를 이어가기 위해 활용하는 신체 기관들―눈, 윗입술, 아랫입술, 이, 볼, 이마, 엄지손가락, 나머지 손가락들, 손목, 어깨―은 각각 악기나 목소리의 음역처럼 다양한 표현을 할 수 있다. 특정한 음, 화음, 떨림, 어느 정도의 단호함과 망설임까지 모두.

하지만 내 귀에 들리는 소리는 다음 역에 정차하기 위해 속도를 늦추는 기차 소리밖에 없다. 승객 몇 명이 자리에서 일어난다. 나는 자리에 앉을 수도 있지만 그 자리에 그대로 서 있고 싶다. 네 남자도 당연히 나를 의식한다. 그중 한 명이 미소를 지어 보인다. 환영하는 미소라기보다는 묵인해 주는 미소다.

이름 붙일 수 없는 그들의 수많은 대화에 끼어들고, 그들끼리 주고받는, 나로서는 전혀 알 수 없는 그들끼리의 반응을 쫓고, 그들이 나누는 대화의 리듬에 몸을 맡기고, 그들의 기대를 따라 나도 함께 휩쓸려 가는 동안, 나는 마치 어떤 노래에 둘러싸인 것 같은 기분이었다. 그들만의 고립된 상태에서 만들어진 노래, 외국어로 된 노래. 소리가 없는 노래.

이 기차는 영광을 향해 달려가지, 이 기차는,
이 기차는 영광을 향해 달려가지, 당신이 이 기차에 타고 있
다면, 그건 영광일 거야
  ― 비들빌 퀸텟(시카고, 1927)

최근에 프랑스 대통령이 텔레비전으로 중계된 기자회견에
서 거의 세 시간 동안 국민을 상대로 연설하는 것을 들었다. 그
의 담론은 대수학 같았다. 그러니까 논리적이고 인과관계가 정
확했지만, 손에 잡히는 현실이나 삶의 경험과는 거의 연결되지
않았다는 뜻이다.

그는 유머 감각이 있고, 지적이었으며, 진지하다는 인상도 주
었다. 뿐만 아니라 사회주의 진영에서 출마해 당선된 후보였음
에도 자신이 제안하고 있는 대형 사업들을 진심으로 믿고 있다
는 인상도 주었다. 그런 그의 연설이 왜 공허했던 걸까. 왜 연설
이 약어들만 모아 놓은 독백처럼 들렸을까.

그건 그가 역사에 대한 그 어떤 감각도 저버렸기 때문이며,
그 결과 장기적인 정치적 전망이 부재했기 때문이다. 역사적으
로 말하자면 그는 하루하루 먹고 살고 있다. 그는 희망을 버렸
다. 그래서 대수학이다. 희망이 정치적 어휘들을 낳는다. 희망
이 없어지면 단어들도 없어진다.

이런 면에서 올랑드는 우리가 살고 있는 시대의 전형이다.

대부분의 공식 담론과 논평들은 대다수의 사람들이 생존을 위한 투쟁에서 겪고 상상하는 일들에 관해서는 아무 말도 하지 못하고 있다.

미디어는 그렇게 생겨난 침묵을 채우기 위해 보잘것없는 즉각적인 여흥을 제공한다. 그렇지 않았다면, 그 침묵이 사람들로 하여금 자신들이 살고 있는 부당한 세상에 대해 서로 질문을 던지게끔 자극할 수도 있었을 것이다.

우리의 지도자나 미디어에 등장하는 논객들은 우리가 겪고 있는 일들에 대해 알아들을 수 없는 말로 이야기한다. 그건 무슨 닭들이 내는 소리가 아니라 고급 금융용어들이다.

오늘날 살아 있음, 혹은 무언가 되어 가고 있음을 **산문**으로 표현하거나 정리하는 일은 어렵다. 담론의 형식으로서 산문은 최소한, 확립된 의미의 연속성이 있을 때 가능하다. 산문은 주변의 서로 다른 관점이나 의견들 사이의 교환이며, 공통의, 설명적인 언어를 통해 표현된다. 그리고 그런 공통의 언어는 대부분의 공적 담론에서 더 이상 존재하지 않는다. 그건 일시적이지만, 역사적이기도 한 상실이다.

이와 대조적으로 노래는 이러한 역사적 순간에 살아 있는 경험, 혹은 무언가 되어 가는 경험을 표현할 수 있다. 심지어 옛날 노래라고 해도 가능하다. 왜일까. 노래가 자족적이기 때문이며, 노래는 역사적 시간을 두 팔로 감싸 안기 때문이다.

근심에 빠진 남자에게 근심 어린 노래를 부르게 하세요
근심에 빠진 남자에게 근심 어린 노래를 부르게 하세요

근심에 빠진 남자에게 근심 어린 노래를 부르게 하세요
나는 지그으음 근심에 빠졌죠
하지만 오랫동안 빠져 있지는 않을 거예요.
— 우디 거스리

노래는 유토피아를 그리지 않으면서도 역사적 시간을 두 팔로 감싸 안는다.

소련에서 이루어진 토지의 강제 집산화와 그에 따른 기근, 그리고 훗날 소비에트 강제수용소와 그에 대한 다양한 얼버무림은 모두 유토피아라는 미명하에 시작되고, 끊임없이 추진되고, 정당화되었다. 새로 탄생할 연방의 국민들이 그 유토피아에서 살게 될 거라고 했다.

마찬가지로 오늘날 전 세계적으로 생겨나는, 또한 점점 늘어나는 인류의 가난과 계속되고 있는 지구에 대한 착취도 유토피아의 이름으로 시행되고, 정당화되고 있다. 그 유토피아는 자유시장방식이 아무런 제약 없이 마음껏 작동할 때 보장되는 것이다. 그건, 밀턴 프리드먼Milton Friedman의 말에 따르면 '모든 사람들이 자신이 원하는 넥타이 색깔을 놓고 투표하는' 세상이다.

어떤 유토피아에 대한 전망이든 희망은 필수다. 그 말은 곧 현실에서는 희망을 얻을 수 없다는 뜻이다. 그들의 논리에서 동정심은 곧 약점이다. 유토피아는 현재를 경멸한다. 유토피아는 희망을 독단적 교리로 대체한다. 독단적 교리가 각인되고, 그와 대조적으로 희망은, 촛불처럼 가끔씩만 깜빡거린다.

촛불과 노래는 모두 기도와 함께한다. 그리고 모두라고는 할수 없겠지만 대부분의 종교에서, 사원, 혹은 교회에서 기도는 양면성을 가진다. 기도는 독선을 끊임없이 강화할 수도 있고, 희망을 이야기할 수도 있다. 어느 쪽으로 진행이 될지 여부는, 꼭 그 기도가 이루어지는 장소나 상황에 의존하는 것은 아니다.

멕시코 남부의 치아파스 주에 산 안드레스 사캄첸 데 로스 포브레스라는 작은 마을이 있다. 그곳에는 작은 교회가 있다. 교회 안에서 작고 희미한 노랫소리가 흘러나온다. 교회 안에 성직자는 없다. 네 명의 주민이 노래를 부르고 있다. 남자 둘, 여자 둘. 넷 모두 원주민이다.

두 남자는 여자들로부터 멀찌감치 떨어져 서 있고, 넷이서 혼성으로 노래를 부른다. 두 여인은 각자의 아이를 등에 업고 있다.

부속예배당에는 열두 제자들 중 한 명인 사도 안드레스의 실물 크기 목각 조상이 있다. 조각상이 걸치고 있는 가운과 반바지는 조각된 것이 아니라 진짜 옷이다. 교회 제단 뒤 바닥에는 천 개쯤 되는 촛불이 있고, 그중 많은 것들은 작은 유리잔 안에 놓여 있다. 제단 뒤의 출입문을 살짝 열어 놓기 때문에 바람이 들어오고, 덕분에 촛불들은 흔들리며 옆으로 기울곤 한다. 노래하는 목소리의 리듬과 깜빡이는 촛불들의 리듬.

잠시 후 업혀 있던 아이들 중 하나가 배가 고프다며 울음을 터뜨린다. 노래는 멈추고 여인이 아이에게 젖을 물린다. 업고 있는 아이가 아직 자고 있는 다른 여인은 발밑에 있던 가방을

집어 들고는, 가운을 꺼내 펼친 다음 조각상 쪽으로 걸어간다.
그녀는 조각상이 입고 있던 가운을 새것으로 갈아입힌다. 입고
있던 가운을 빨아 줘야겠다고 생각한 것이다.

천 개의 촛불은 그때까지도 바람에 흔들리고 있다.

나는 지금 모야 캐넌Moya Cannon의 놀랄 만한 시를 생각한다.

지니고 갈 다른 것이 없는 자들이 언제나
노래를 지니고 갔지
바빌론으로
미시시피로
거의 아무것도 가지지 못한 이 마지막 남은 이들 중에는
자신의 몸뚱이마저 잃어버린 사람들도 있었지
하지만, 삼 세기쯤 후, 아프리카에서 전해진 심오한 리듬이
그들의 심장과 뼈에 실려 온 그 리듬이
세상의 노래들을 전하지.

우리 동네를 떠난 이들,
다우닝스가와 로스가를 떠난 아가씨들
세틀랜드에서 온 청어잡이 배를 따라간,
은빛 물살을 헤집으며 떠나간 아가씨들이나
데리의 배를 타고 떠나간 라나파스트 출신의 청년들
합숙소의 그물 침대에서 잠을 자던 그들이,
마음속에 지닌 거라곤 노래밖에 없었지

그들이 마음속에 지닌 그 순수한 철덩이를

황금과 교환할 생각이었지,
다른 노래들도
그들이 타고 있는 배의 전나무 바닥에 떨어지며
환한 진실의 소리를 퍼뜨리지.
— 모야 캐넌, 「노래를 지니다Carrying the Songs」

가수들이 선적線的인 시간을 자유자재로 다루거나 아예 무시하는 방식은 곡예사나 마술사들이 중력을 다루는 것과 비슷하다. 최근에 프랑스의 어느 도시에서 슈퍼마켓 옆 모퉁이를 무대로 곡예를 보여 주는 일가족을 본 적이 있다. 아버지와 세 아들, 그리고 딸. 스코트테리어 종의 개도 한 마리 있었다. 나중에 알게 된 거지만, 개의 이름은 넬라, 아버지의 이름은 마시모다. 아이들은 모두 날씬하고 눈이 짙다. 마시모의 몸집은 땅딸하고 위압적이다.

열일곱 혹은 그보다 조금 더 들어 보이는(이들에겐 '아동기'라는 것이 없기 때문에 나이를 짐작하기가 어렵다) 큰아들이 곡예의 주연이다.

예닐곱 살쯤 되어 보이는 여동생이 큰오빠가 나무라도 되는 듯 타고 오른다. 어느새 나무는 대들보가 되고 여동생은 거기에 걸터앉는다. 아버지는 그들보다 한참 뒤에, 앰프와 음향장비를 땅바닥에 놓은 채 앉아 있다. 아버지는 두 아이에게서 눈을 떼지 않은 채 기타를 퉁긴다. 대들보는 어느새 엘리베이터가 되어 여동생 아리아나를 바닥에 부드럽게 내려놓는다. 오빠는 정말 엘리베이터처럼 아주 천천히 자세를 낮추고, 여동생은 아버지의 기타 소리에 맞춰 다시 보도에 내려선다.

다음은 다비드(열 살? 열한 살?) 차례다. 구경꾼은 대여섯 명뿐이다. 오전이고, 사람들이 바쁜 시간이다. 다비드는 외바퀴 자전거를 타고 거리를 오가며 조금도 힘들이지 않고 회전을 하고, 후진을 한다. 소년은 공연하며 자신만의 비법을 보여 준다.

그 다음, 자전거에서 내린 소년은 커다란 호박만 한, 속을 채운 가죽 공 위로 올라간다. 뒤꿈치로 땅을 밀고 다른 쪽 발바닥으로 공의 곡면을 느끼며, 소년은 천천히 공을 앞으로 굴리고, 그렇게 둘은 함께 앞으로 나아간다. 소년은 두 팔을 엉덩이 옆에 딱 붙이고 있다. 구르는 공 위에서 균형을 잡는 데 아무 어려움이 없어 보인다.

소년은 공 위에서 고개를 든 채 주춧돌 위의 동상처럼 먼 곳을 바라본다. 소년과 공은 아주 느린 거북이처럼 천천히 승리의 진군을 한다. 그리고 바로 그 승리의 순간에 소년은 아버지의 아코디언 반주에 맞춰 노래를 시작한다. 다비드의 왼쪽 볼에 아주 작은 마이크가 테이프로 붙어 있다.

노래는 사르디니아 섬의 민요다. 소년은 조금도 구김이 없는 테너 목소리다. 소년이 아니라 외로운 목동의 목소리. 가사는 불운이 닥쳤을 때의 상황을 묘사한다, 언덕만큼이나 오래된 이야기.

승리와 불운.

불운과 승리가 당신의 눈앞에서 하나가 되고, 당신은 그 순간이 계속, 한없이 이어지기를 바란다. 피카소가 1900년 전후에 똑같은 상황을 그림으로 그린 적이 있다.

불운과 승리. 나는 노래들이 지금 우리가 살고 있는 세계에서 모든 이들이 경험하는 것들을 어떻게 그렇게 특별한 방식으로 언급할 수 있는지 설명해 보려고 했습니다. 그리고 이 점이, 야스민, 바로 우리가 당신의 노래를 통해 당신과 공유하는 것이겠지요.

당신은 마치 마이크가 급류에 떠내려가기라도 할 것처럼 오른손으로 꼭 쥐고 노래합니다. 당신의 목소리가 어떤 높이까지 올라가면 왼손으로 손짓을 하지요. 당신은 왼손으로 바닥을 가리키고, 그 바닥에는 당신의 빨간 신발 옆으로 전선들이 엉켜 있습니다. 엄지손가락은 수평으로 뻗은 채 다른 손가락 끝을, 검지 끝이 아니라 중지 끝을 가리키고 있지요. 검지는 위를 향한 채 두 번 접혀서 엄지의 안쪽에 닿을 듯합니다. 우리 눈에는 검지의 끝이 보이지 않아요. 사마르 섬의 밤을 노래하는 당신의 목소리가 다시 낮아질 때도 그 손동작을 통해 우리는 당신이 부르는 노래의 총구가 당신의 손바닥 안에 곱게 놓여 있음을 알 수 있지요.

우리는 당신의 노래에 맞춰 박수를 치기 시작합니다. 그건 에너지를 만들어내고, 함께 공유한 어떤 집중력이 다른 곳을 향할 수 있게 벼리는 행동입니다.

그리고 갑자기, 감히 희망하건데, 그 다른 곳이 당신을 지나 우리에게 도달합니다.

은빛 조각

며칠 전 나는 천국을 그린, 가로 세로 이 미터쯤 되는 그림 앞에 서 있었다. 잠시 후, 가만히 서서, 숨을 조금 헐떡이며, 천국으로 들어갔다.

이 일이 있기까지의 이야기를 해야겠다. 화가 친구의 작업실을 찾았다. 우리는 알고 지낸 지 삼십 년쯤 된 사이다. 그는 원래 체코 출신이고, 이름은 로스티아Rostia다. 현재는 파리 근교의 아파트 단지에 살고 있다. 살림집과 작업실로 함께 쓰고 있는 집은 지역 의회가 소유하고 있는 아파트에 있다. 그가 내는 집세는 싼 편이다. 작업실 공간은 삼십 평방미터쯤 되고, 육 미터 정도 되는 천장 위로는 자연광이 비친다. 그와 아내는 작업실을 내려다보는 발코니처럼 된 공간에서 잠을 잔다.

나는 최근 작품들을 보고 싶었다. 그의 작업실에 들어가는 건 마치 지저분한 천으로 만든 벙커에 들어가는 기분이었다. 네 벽에는 캔버스와 어마어마한 크기의 두껍고 지저분한 종이들이 붙어 있었는데 그건 모두 벽 쪽으로 돌려놓은 작품들이었

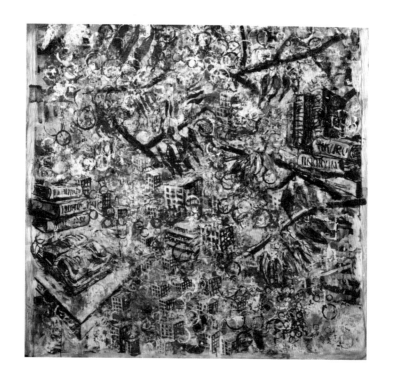

다. 바닥에도 다른 작품들이 뒤집어진 채 놓여 있었다. 돌아다니며 작품을 보는 건 불가능했다. 나는 문 옆에 놓인 의자에 앉았다.

로스티아가 맨발로 바닥에 놓인 구겨지고 뒤엉킨 종이들 사이를 헤집고 다니며 내게 보여 줄 작품을 골랐다. 그는 자기 키보다 높고, 양팔을 벌린 것보다 넓은 작품을 하나 고르더니, 내가 앉은 의자 밑에 있는 스테이플러를 달라고 해서는, 반대편 벽에 기대 세워져 있던 다른 작품의 뒷면에 그 그림을 고정시켰다. 지난 십 년 동안 작업 중인 연작들 중의 한 점이었다. 나는 그림을 유심히 바라봤다.

이 연작들에 담긴 시점을 그려 보려면, 교외 지역이나 빈민가 혹은 사층에서 육층 사이의 아파트 단지가 몇 킬로미터 펼쳐져 있는 지역을 낮게 비행하는 헬리콥터에서 내려다본 광경을 상상하면 된다. 거리들이 만들어내는 선은 규칙적인 직선일 때도 있고, 가끔은 공터나 아직 완성되지 않은 건축 현장 때문에 이상한 모양이 되기도 한다. 로스티아는 하늘에서 본 시점으로 그림을 그린다.

여기 그의 작품들 중 한 점의 복제화를 보여 줄 수도 있겠지만, 요즘 같은 시대에 복제화는 아무런 소용이 없다. 이제 복제화는 화려한 상품 목록에만 등장할 뿐이다.

직사각형의 아파트 단지들, 그리고 그 창문들이 만들어내는 반복되는 사각형 사이로 알파벳 문자들이 끼어든다. 그 문자들은 단어가 되지 않는다. 그건 그저 알 수 없는 힘을 표현하는 약어들일 뿐이다. 어떤 문자는 땅에 있고, 어떤 문자는 하늘에 있다.

실수하지 말자, 이 그림들은 악의를 담은 그림들이 아니다. 거기엔 수천 개의 삶과 수천 개의 고독이 가득 담겨 있다. 우리는 그 그림 안에서 우리 자신을 알아본다.

로스티아는 나에게 보여 줄 다른 작품을 찾아 작업실 바닥의 그림들 위를 걷는다. 이번에 고른 작품은 발코니 아래 세워 둔 다른 그림의 뒷면에 스테이플러로 고정시킨다.

이번 그림에는 열두 블록 정도 되는 지역을 덮고 있는 커다란 책이 그려져 있다. 책은 은빛 구름처럼 가볍게 빈민가 위를 떠다닌다. 나는 톰 웨이츠Tom Waits의 노래를 떠올린다.

모두들 동시에 말을 하지
누군가에게 힘든 시절이
누군가에겐 달콤한 시절이라고
거리에 피가 뿌려지는 때에도 누군가는 돈을 벌고 있겠지
모두들 동시에 말을 하지.

책 속의 페이지들은 그 아래 사람들의 삶들이 담긴 페이지들이다.

로스티아는 스케치 상태의 캔버스를 보여 준다. 청소년으로 보이는 인물의 머리와 어깨가 크게 보이는데, 헬리콥터에 타고 있다. 그 인물의 주위로, 그리고 뒤로 보이는 지면의 풍경은 그물 혹은 인터넷 화면처럼 보인다.

페이스북은 끝없이 이어지지만, 거기는 지평선이 없다.

색에 대해서도 꼭 이야기를 해야 할 것 같다. 침울한 색들, 검은색, 회색, 세피아 색이 주조를 이루지만, 가끔씩 스치듯이 들어간 다른 색들 때문에 곳곳에서 그 침울한 색들이 은빛으로 빛난다. 그렇게 스치듯 지나는 것들은 거리에서 눈에 띄는 것들과 비슷하다. 한 조각의 파란 하늘, 아파트의 작은 발코니에 정성껏 내놓은 화분에서 핀 꽃들, 상점의 진열장에 걸린 밝은 색상의 옷가지들.

그림 속의 색들은 마치 야유하듯 웅얼웅얼 속삭인다.

어떤 작품에서는 아코디언의 건반이 지면의 거리와 골목길과 함께 연주하고, 또 다른 작품에서는 아파트 창문에 내놓은 유리병이나 물 잔이 은빛으로 반짝인다. 포기하지 말자!

그는 유화용 물감과 콜라주, 잉크, 에어로졸 등을 활용해 작품을 제작한다. 그는 길거리 벽화 화가들의 장비와 거장의 눈을 지니고 있다.

로스티아가 열 점 남짓한 작품들을 더 보여 준다. 최근 작품일수록 클로즈업으로 표현된 얼굴들이 자주 등장한다. 모두 자신들의 아래에서 펼쳐지는 상황의 보잘것없음을 의아해하는 표정이다.

그건 아직 미완성이에요, 로스티아가 말한다, 몇 년째 작업 중인데도.

그는 색이 좀 더 강렬한, 완성된 작은 작품을 하나 더 보여 준다. 그런 작품들 스무 점이 마치 작업실 한쪽에 개어 놓은 수건처럼 차곡차곡 쌓여 있다. 나는 로스티아가 우리 시대의 위대한 화가들 중 하나라고 확신하지만, 그의 작품을 진지하게 고려해 줄 큐레이터나 미술상美術商은 아직 찾지 못했다. 그의 성이 뭐냐고? 쿠노프스키Kunovsky.

최근에 그린, 가장 큰 작품을 보여드리죠, 로스티아가 말한다. 작업실 밖으로 가지고 가 보죠. 제 생각엔 완성된 것 같아요, 그가 덧붙인다.

그가 숨겨져 있던 그림을 가지고 온다. 사 평방미터짜리의 캔버스. 우리는 좁은 복도를 따라 내려가 복도 끝에 있는 두 개의 닫힌 문 앞에 그림을 기대어 세웠다.

그림의 시점은 나머지 작품들과 똑같다. 보잘것없는 교외 지역의 모습이 보이고, 하늘에 그려 넣은 책장에는 책이 몇 권 있다. 그중 한 권이 펼쳐져 있다. 알 수 없는 약어 같은 것은 보이지 않고 그 대신, 하늘 높이, 나뭇잎과 가지와 열매가 그려져 있다.

헬리콥터는 천사로 바뀌어 있다. 희망으로 반짝이는 은빛 숨결이 비눗방울이 되어 허공에 떠다닌다. 회색이 있던 자리의 색감도 더 편안해졌다. 지상에 있는 건물들의 사각형 창 하나하나는 그대로 영혼이 된다.

나는 아무 말로 못한 채 그 앞에 한참을 서 있다가 작품 안으로 들어갔다.

예술이란 그런 것이다.

망각에 저항하는 법

지난주에, 피카소의 1955년 작품(그러니까 육십 년 전에 나온 그림이다) 〈알제의 여인들〉이 뉴욕 크리스티 경매에서 일억 팔천만 달러에 팔렸다. 피카소가 그 그림을 그린 것은, 부분적으로는 알제리 국민들에 대한 그의 지지를 공표하기 위해서였다. 작품을 그리기 일 년 전, 알제리 국민들은 프랑스의 식민주의에 저항하는 전쟁을 시작했다.

오늘은 예수 승천일, 즉 부활절 후 사십 일이 지난 날이다. 복음에 따르면, 오늘은 그리스도가 그의 제자들이 지켜보는 앞에서 하늘로, 천국으로 올라가 버린 날이다. 이제 지상에는 제자들밖에 없다.

지난주에 나는 대부분 꽃을 그리며 시간을 보냈다. 식물학 또는 미학과는 거의 상관없는 이유 때문이었다. 나는 자연의 형태들―나무, 구름, 강, 돌멩이, 꽃 같은 것들―이 그 자체로 어떤 메시지로 보여지고, 그렇게 인식될 수는 있을지 궁금했다. 그건 ― 당연한 이야기지만 ― 말로 옮길 수 없는 메시지, 딱

빨간 장미의 텍스트

히 우리를 향해 던져진 것도 아닌 메시지였다. 자연의 외양들을 텍스트로 '읽어내는' 일이 가능할까.

그 작업에서 신비스러운 면은 하나도 없었다. 그건 어떤 에너지가 지닌 서로 다른 리듬과 형태에 반응하는 것을 목적으로 하는 몸의 활동이었다. 나는 그 리듬과 형태들이, 우리를 위한 것이 아닌 어떤 언어로 씌어진 텍스트라고 상상해 보고 싶었다. 하지만 그 텍스트의 흔적을 쫓는 동안 나는 내가 그리는 대상과 한 몸이 되었고, 그것들이 씌어진 언어, 한계도 없고, 알 수도 없는 그 모국어와 하나가 되었다.

지금 우리가 살고 있는, 투기 금융자본이 지배하는 전체주의

적 세계 질서에서 미디어는 끊임없이 정보를 폭탄처럼 쏟아붓는다. 하지만 그 정보들은 대부분 계획적인 교란에 불과하며, 진실로부터, 본질적이고 다급한 것으로부터 우리의 관심을 돌리기 위한 것들이다.

정보들은 대부분 한때 정치라고 불리던 활동에 관한 것이지만, 정치는 이미 주식 거래인과 은행의 로비를 앞세운 전 세계적 투기 자본의 독재로 대체되어 버렸다.

좌파든 우파든 정치인들은 마치 현재 상황을 인정하지 않는다는 듯 계속 논쟁하고, 투표하고, 해결책을 의결한다. 그리고 그 결과, 그들이 하는 담론은 공허하거나 보잘것없는 일들

에 관한 것들뿐이다. 그들이 반복적으로 사용하는 단어나 용어들―이를테면 테러리즘, 민주주의, 유연성 같은 말들―은 그 어떤 의미도 담고 있지 않다. 전 세계의 대중들이 그 연설가를 따르는 것은 마치 아직 끝나지 않은 연설학교의 수업을 참관하는 것과 같다. 헛소리들.

지금 우리에게 폭탄처럼 퍼부어지는 정보의 또 다른 장은 전 세계에서 일어나는 화려하고, 충격적이고, 폭력적인 사건들이 차지하고 있다. 강도 사건, 지진, 전복된 배, 폭동, 대량 학살 같은 것들. 한 번 보여지고 나면, 하나의 구경거리는 다른 구경거리로 아무 맥락도 없이 그저 멍할 정도의 속도로, 대체될 뿐이다. 그 사건들은 이야기가 아니라 충격으로 다가온다. 그 사건들은 무슨 일이 벌어질지 모른다는 현실을 일깨워 준다. 그것들은 삶의 위험요소를 보란 듯이 제시한다.

여기에 미디어가 세상을 전달하고 분류할 때 사용하는 언어가 더해진다. 그것은 전문 경영인들이 사용하는 전문용어나 논리와 매우 비슷하다. 그 언어는 모든 것을 '**계량화**'하고 본질, 혹은 질적인 면에 대해서는 좀처럼 언급하지 않는다. 그것은 비율을 이야기하고, 여론조사의 변동이나 실업률, 성장률, 증가하는 채무, 이산화탄소 측정치 등등을 이야기한다. 그것은 숫자에서 편안함을 느끼는 목소리지만 삶이나 고통받는 신체

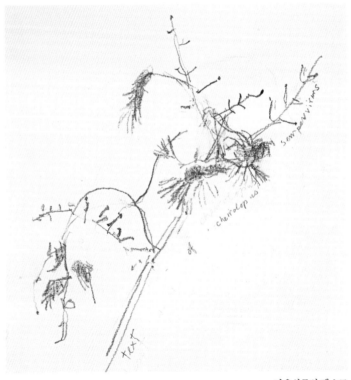

다육식물의 텍스트

에 대해서는 아니다. 그것은 후회나 희망에 대해서 이야기하지
않는다.

　그런 식으로 공식적으로 말해지는 것들, 그리고 그것들이 말
해지는 방식이 시민들로 하여금 일종의 기억상실에 빠져들도
록 부추긴다. 경험이 지워지고 있다. 과거와 미래라는 지평선
도 희미해지고 있다. 우리로 하여금 끝없이 불확실한 현재에만
살게 하려는 조건들이 갖추어져 있다. 망각 상태의 시민으로
축소된 것이다.

　그러는 동안 우리 주변의 지구는 과열되고 있다. 전 지구의
부가 점점 더 소수의 사람들에게 집중되고 있는 사이, 다수는
못 먹거나 정크 푸드에 의존하거나 굶주리고 있다. 수백만 명
의 사람들이 아주 빈약한 생존의 희망을 품은 채 이민을 선택할

수밖에 없는 상황에 내몰리고 있다. 작업장의 환경은 점점 더 비인간적으로 되어 가고 있다.

오늘날 일어나고 있는 일에 항의하고 저항할 준비가 되어 있는 사람들은 많다. 하지만 그렇게 할 수 있는 정치적 수단은 현재 명확하지 않거나 없다. 그 수단들을 개발할 시간이 필요하다. 그러니 우리는 기다려야만 한다. 하지만 이런 상황에서 어떻게 기다려야 할까. 이런 망각의 상태에서 어떻게 기다려야 할까.

아인슈타인을 비롯한 여러 물리학자들이 설명했듯이 시간은 선적인 것이 아니라 순환적인 것임을 기억하자. 우리의 삶은 하나의 선 위에 찍힌 점이 아니다. 이 선은 전례가 없는 전 지구적 자본주의 질서의 일시적 탐욕에 의해 절단되고 있다. 우리는 선 위의 점이 아니라, 원의 중심이라고 해야 할 것이다.

우리를 둘러싼 원에는 석기시대 이후로 선조들이 우리들을 위해 남겨 둔 증언들이 있고, 꼭 우리를 향한 것은 아니지만 우리가 목격할 수 있는 텍스트들이 있다. 자연과 우주의 텍스트. 그 텍스트들이 대칭적인 것과 혼란스러운 것이 공존할 수 있음을, 가혹한 운명을 극복하는 기발한 방법들이 있음을, 욕망의 대상이 언제나 약속의 대상보다 더 큰 확신을 주는 것임을 확인시켜 준다.

그런 다음 과거로부터 물려받은 것과 우리가 목격한 것들을 보며 버텨 온 우리는 아직 상상할 수 없는 환경에 저항하고, 계속 저항할 수 있는 용기를 얻는다. 우리는 연대 안에서 기다리는 법을 배울 것이다.

클레마티스의 텍스트

마찬가지로 우리는 우리가 아는 그 모든 언어로 칭찬하고, 욕하고, 저주하는 일을 영원히 멈추지 않을 것이다.

도판 제공

p.33 마이클 콴, 〈탈출하는 소년〉(2009)(Photo ⓒ Christie's Images / Bridgeman Images)

p.34 마이클 콴, 〈브룸필드 주택〉(ⓒ Michael Quanne)

p.38 (오른쪽) 렘브란트 판 레인, 〈자화상〉(c.1668-1669) (왼쪽) 찰리 채플린이 1975년 런던 버킹엄궁에서 엘리자베스 2세에게 기사 작위를 받은 후.

p.79 (오른쪽) 타토 올리바스, 〈아카데미아〉(세부).

p.80 타토 올리바스, 〈사라 바라스〉(세부).

p.83 안토넬로 다 메시나, 〈수태고지〉(c.1473-1474) 캔버스에 유채.

p.98 로스티스라프 쿠노프스키, '어디에서도 오지 않은' 연작 중 〈천국〉(2015). 캔버스에 여러 가지 기법 혼용, 200×200cm.

나머지 이미지는 모두 저자 제공.

존 버거(John Berger, 1926-2017)는 미술비평가, 사진이론가, 소설가, 다큐멘터리 작가, 사회비평가로 널리 알려져 있다. 처음 미술평론으로 시작해 점차 관심과 활동 영역을 넓혀 예술과 인문, 사회 전반에 걸쳐 깊고 명쾌한 관점을 제시했다. 중년 이후 프랑스 동부의 알프스 산록에 위치한 시골 농촌 마을로 옮겨 가 살면서 생을 마감할 때까지 농사일과 글쓰기를 함께했다. 주요 저서로『다른 방식으로 보기』『제7의 인간』『행운아』『그리고 사진처럼 덧없는 우리들의 얼굴, 내 가슴』『벤투의 스케치북』등이 있고, 소설로『우리 시대의 화가』『G』, 삼부작 '그들의 노동에'『끈질긴 땅』『한때 유로파에서』『라일락과 깃발』,『결혼식 가는 길』『킹』『여기, 우리가 만나는 곳』『A가 X에게』등이 있다.

김현우(金玄佑)는 1974년생으로, 연세대학교 영어영문학과를 졸업하고 동대학원 비교문학과 석사과정을 수료했다. 역서로『스티븐 킹 단편집』『행운아』『고딕의 영상시인 팀 버튼』『G』『로라, 시티』『알링턴파크 여자들의 어느 완벽한 하루』『A가 X에게』『벤투의 스케치북』『돈 혹은 한 남자의 자살 노트』『브래드쇼 가족 변주곡』『그레이트 하우스』『우리의 낯선 시간들에 대한 진실』『킹』『사진의 이해』『초상들』, 삼부작 '그들의 노동에'『끈질긴 땅』『한때 유로파에서』『라일락과 깃발』등이 있다.

존 버거
우리가 아는 모든 언어
김현우 옮김

초판 1쇄 발행 2017년 3월 5일 **초판 5쇄 발행** 2022년 7월 1일
발행인 李起雄 **발행처** 悅話堂
경기도 파주시 광인사길 25 파주출판도시 전화 031-955-7000 팩스 031-955-7010
www.youlhwadang.co.kr yhdp@youlhwadang.co.kr
등록번호 제10-74호 **등록일자** 1971년 7월 2일
편집 이수정 박미 **디자인** 공미경 **인쇄 제책** (주)상지사피앤비

ISBN 978-89-301-0583-5 03840